KB274245

스님의 달리기

스님의 달리기

지찬 지음

유노
북스

쉼을 향한 달리기

호 산 和南
대한불교조계종 제25교구 본사 봉선사 교구장

'쉼', 그것은 몸과 마음을 편히 두면서 다시 숨을 잇고 고르는 차분한 과정입니다. 숨 가쁘게 살아가는 현대인의 삶에서 가장 시급하게 필요한 것은 바로 제대로 된 쉼일 것입니다. 우리는 이를 '참된 쉼'이라고 부릅니다.

참된 쉼은 결국 마음의 평온과 안락에서 시작되고 완성된다고 합니다. 몸이 쉬는 것도 물론 중요하지만, 종국에는 마음이 쉼과 가쁨을 결정짓습니다. 우리에게는 온전하고도 참된 쉼이 필요합니다.

여기, 삶에 대해 진지하게 성찰해 온 한 수행자가 자신의 일상에 대해서 솔직담백하게 토로합니다. 그는 몇 해 전부터 자신의 삶을 이끌어 온 것은 달리기라고 말합니다. 저는 그의 달리기를 쉼이라고 바꾸어 부르고 싶습니다. 그 수행자가 말하고 싶었던 단 한 글자! 그 단 하나의 궁극적인 글자가 바로 쉼이라는 것을 꿰뚫어 보았기 때문입니다.

수행자는 마라톤을 하며 쉼 없이 달리는 내내 숨이 턱까지 차오르고, 포기하고 싶은 유혹을 수차례나 경험합니다. 그리고 어느 순간 그는 쉼이 무엇인지를 체험합니다. 아니, 체득하게 됩니다. 체험을 넘어서 그것을 종교적으로 승화시키는 체득의 경지에까지 이르게 됩니다. 그는 달리기라는 지극히 단순한 운동이 이전까지 느껴 보지 못한 새로운 쉼이 되었음을 담박한 필치로 그려 내고 있습니다.

저 역시 출가 수행자로서 43일에 걸쳐 인도 성지순례 1,167킬로미터 대장정을 경험하고, 국내 최대 규모 '달마배 스노보드 대회'를 지속적으로 후원해 오면서 운동을 통한 쉼이 무엇인지를 절실하게 느껴 오고 있었습니다. 때문에 저는 달리기 경험을 소개하는 한 수행자의 고백을 앞에 두고서, 제 나름대로 쉼이라고 다시 정의합니다. 그리고 참된 쉼이 필요한 모든 독자가 그의 고백 속에서 그 단초를 찾을 수 있으리라 생각합니다.

쉼의 체득이 반드시 종교적 감성과 결합될 필요는 없습니다. 쉼에는 다양한 층차가 존재합니다. 원초적이고 물리적인 쉼에서부터 감정적 울림이 있는 쉼까지 천변만화(千變萬化)한 것이 바로 쉼입니다.

여러분은 어떠한 쉼을 누리고자 하십니까? 쉼을 갈구하는 현대인들에게 쉼을 찾는 편안한 이야기가 나왔음을 소개합니다. 그리고 저도 이제 쉬어 보렵니다!

수행자라 해도
육신은 중생입니다

'어휴, 이제 조금만 달려도 숨이 차네.'

어느 날, 신호등 초록색 불이 깜박거리는 것을 보고 부랴부랴 건넌 적이 있습니다. 아주 잠깐 뛰었을 뿐인데도 무거워진 몸이 여실히 느껴졌습니다. 20년 넘게 수행자로 살아왔다고 해도 육신은 여전히 중생인 것이지요. 밥을 먹고, 잠을 자고, 때로는 병을 앓습니다. 세속을 떠나 산다고 해서 몸의 이치까지 벗어나는 것은 아닙니다. 그런데도 내가 어느새 몸을 돌보는 일에는 소홀해진 채 마음공부만을 이야기하고 있었던 것은 아닌지 돌아보게 됐습니다.

수행이란 무엇일까요. 마음을 닦는 일이라고 말하지만, 마음은 몸을 떠나 존재하지 않습니다. 숨이 가쁘면 생각도 거칠어지고, 몸이 무너지면 의지도 오래 버티지 못합니다. 몸과 마음은 따로 흘러가지 않습니다.

그 사실을 인정하는 일에서 나의 달리기는 시작됐습니다. 처음에는 단순했습니다. 체력을 기르고 싶었습니다. 늘어난 체중을 줄이고, 약해진 심폐 기능을 되돌리고 싶었습니다. 그저 조금 더 건강해지고 싶다는 소박한 마음이었습니다. 그러나 막상 달려 보니 생각보다 쉽지 않았습니다. 달리기는 정직했습니다.

의지로만 밀어붙일 수 없었고, 핑계가 통하지도 않았습니다. 달리기가 힘들었던 하루는 전날의 게으름 때문이었고, 몸이 가벼웠던 하루는 그동안 쌓인 시간

덕분이었습니다. 몸은 거짓말을 하지 않았습니다.

그제야 알게 됐습니다. 수행도 그렇다는 것을. 우리는 종종 수행을 견디는 일로 이해합니다. 참고 버티는 일이 곧 깊어지는 일이라고 생각하기도 합니다. 달리기도 마찬가지입니다. 더 멀리, 더 빠르게, 더 많이. 숫자를 채우는 일이 곧 성취처럼 보입니다.

그러나 어느 순간 깨달았습니다. 숫자는 이해를 돕는 도구일 뿐 본질을 대신하지는 않는다는 것을요. 긴 거리를 달렸다고 해서 더 맑아지는 것도 아니고, 기록을 단축했다고 해서 더 자유로워지는 것도 아닙니다. 달리다 보면 고통이 찾아옵니다. 다리가 무거워지고, 숨이 거칠어지고, 멈추고 싶은 순간이 어김없이 옵니다. 그때마다 나는 묻습니다.

'지금 이 한 걸음에 마음이 있는가.'

멀리 보지 않고, 남과 비교하지 않고, 지금의 발바닥 감각과 호흡에만 집중하면 신기하게도 고통이 조금 작아집니다. 완전히 사라지는 것은 아니지만, 고통에 붙잡히는 힘이 줄어듭니다. 그 시간은 나에게 작은 수행이 됩니다. 달리는 동안에는 불필요한 말이 줄어듭니다. 생각이 멈추지는 않지만, 생각에 끌려다니지 않게 됩니다. 한 걸음 한 걸음이 묵언이 되고, 호흡이 염불이 됩니다. 달리기는 나에게 '족함'을 가르쳐 주었습니다.

"이 정도면, 지금도 괜찮다."

이 말은 체념이 아닙니다. 더 이상 애쓰지 않겠다는 포기가 아닙니다. 지금의 나를 있는 그대로 받아들이겠다는 다짐에 가깝습니다. 수행은 특별한 자리에만 있는 것이 아니라 반복되는 일상에 있습니다. 달리기도 그렇습니다. 특별한 의미를 붙이지 않아도, 설명을 덧붙이지 않아도, 그 시간은 분명히 나를 다른 상태로 이끕니다. 어디에도 기대지 않고, 오직 발과 숨에 의지하는 자리. 오직 지금 이 순간의 나만이 존재합니다.

이 책은 잘 달리는 법을 말하는 책이 아닙니다. 기록을 줄이는 요령을 알려 주지도 않습니다. 그저 달리기를 통해 내가 배운 몇 가지를 나누고 싶었습니다.

몇 년 동안 거의 매일 10킬로미터 이상을 뛰고, 전국의 마라톤 대회에 참가했더니 제가 달린 거리가 대략 11,450킬로미터 정도가 되었습니다. 처음 달리기를 시작하면서 느꼈던 새로운 기쁨부터 어느새 나의 일상이 된 달리기에 대한 집착, 다시 내려놓는 과정에서 얻은 깨달음 같은 경험과 여러 감정을 진솔하게 담았습니다. 잘하고 싶었던 마음, 남몰래 기록을 의식하던 순간들, 멈추고 싶어지던 날의 흔들림과 다시 신발 끈을 묶으며 다짐했던 새벽의 고요까지 숨기지 않고 적었습니다.

혹시 지금 삶이 조금 무겁게 느껴진다면, 잠시 걸음을 옮겨 보시기 바랍니다. 처음부터 달릴 필요는 없습니다. 천천히 걷는 것부터 시작해도 좋습니다. 필요한 것은 오직 한 걸음입니다. 처음 몇 분은 숨이 찰 수 있습니다. 다리가 묵직할 수도 있습니다. 마음속에서는 수많은 생각이 올라올 것입니다.

'왜 이런 걸 하고 있지?'
'나는 원래 체력이 약한데.'
'괜히 시작했나.'

그 생각들을 밀어내지 않아도 됩니다. 다만 발을 멈추지만 않으면 됩니다. 한 걸음 더. 그리고 또 한 걸음. 그렇게 몇 번의 호흡을 넘기다 보면, 어느 순간 고요한 틈이 찾아옵니다. 몸은 여전히 움직이지만 마음은 잠시 쉬는 상태. 그 작은 틈이 우리를 살립니다.

삶도 그렇습니다. 큰 깨달음이 한순간에 찾아오는 것은 아닙니다. 그 대신 반복되는 하루 속에서 포기하지 않고 이어가는 작은 실천이 우리를 조금씩 단단하게 합니다.

달리기가, 그리고 이 책이 하루를 살리는 작은 틈을 만들어 준다면 더 바랄 게 없습니다.

지찬 드림

차례

― 1장 ―

달리는 수행자, 첫발을 내딛다

몸과 마음의 균형을 지키는 일

달리는 수행자, 첫발을 내딛다

힘들어서
수행 못 하겠다!

《초전법륜경》

어느 화창한 날, 공양을 마치고 산책에 나섰다. 도로를 슬렁슬렁 걷다 보니 앞에 횡단보도가 나타났다.

그런데 이상한 일이다. 지금까지 아주 여유롭게 걷고 있었는데도 갑자기 다급해진다. 신호등이 곧 빨간불로 바뀌려는지 깜박이기 시작한다. 앞뒤 재지 않고 냅다 뛰었다. 딱히 바쁜 일도 없으니 기다렸다가 다음 신호에 건너면 될 일인데 말이다.

　승복 입고 정신없이 뛰는 스님이라니, 내심 계면쩍었다. 아마도 내 뇌리에 박힌 '그러면 안 된다'라는 생각 때문인 듯하다.

　'승려는 뛰면 안 돼. 위의(威儀, 예법에 맞는 몸가짐, 특히 불자로서 지켜야 할 규범)가 떨어져.'

　물론 이런 생각도 남들의 의견을 따라가는 것이지만, 내가 봐도 승복 입고 뛰는 모습은 참 멋이 없다.

　신호가 바뀌기 전 가까스로 반대편에 다다랐다. 잠시 서서 가쁜 숨을 몰아쉬다가 다시 걷는다. 그거 조금 뛰었다고 헉헉대는 몸뚱어리가 야박하다. 숨소리는 조금씩 안정됐지만, 땀이 멈출 줄 모른다. 예전에는 줄넘기도 잘하고 등산도 잘했는데 요거 뛰었다고 쌕쌕거리다니, 이상하다 싶고 위기감이 엄습한다.

흐트러진 몸으로는
마음을 붙들 수 없다

'몸에 문제가 있는 건 아니겠지?'

어떤 증상이 원인이라기보다는 서서히 불어난 뱃살과 체중 탓에 내 몸의 기능들이 조금씩 약해졌기 때문일 것이다. 수행자의 몸도 밥을 먹어야 하고 잠을 자야하고 아프면 고쳐야 하는 평범한 육신이라지만, 아무리 변명에 변명을 가져다 붙여도 치열함이 사라진 한심한 스님이 된 것 같아 등골이 시리다. 이렇게 늙어가다가는 애초에 마음먹었던 수행의 결과물을 구경도 못 해 보고 죽음을 맞이할까 싶어서 걱정이다.

선원에서 치열하게 정진하던 풋풋한 나는 어디 가

고, 중년을 넘어 한없이 게을러 보이는 한심한 중이 되고 말았을까. 불현듯 맞닥뜨린 인식의 순간, 변화하는 내 모습에 걱정이 일어난다.

이런 체력으로는 수행도 하기 어렵겠다 싶어 동네 헬스장에 가서 운동하기로 마음을 먹었다. 수행자에게 진정한 위의는 정신과 육체가 모두 건강해야 나올 수 있는 것이라는 생각에 뭐든 시작해 보자며 체육관에 등록을 했다. 물론 이때만 해도 내가 뛰게 될 줄은 전혀 몰랐다. 예전의 나라면 고개부터 저었을 일이다.

수행자라면 변하는 몸의 상태를 무상의 관점으로 바라보고 수행을 이어 가야 하겠지만, 너무 쉬이 지치고 일상에 지장을 준다면 이도 저도 안 되는 기생충이 돼 버리지 않을까. 어느 장소에서라도 발휘돼야 할 내 지혜가 현저히 떨어져서 숨을 쉬기 어렵다면, 내 역량을 키우거나 내 역량만큼만 소화해 내는 것 가운데 택해야 한다. 나는 후자보다는 전자를 택했다. 체력적 한계라고 선을 긋고 멈추기보다 조금 애써 보기로 한 것이다.

어렵지 않게 난이도와 운동 시간을 조절할 수 있는 운동. 금새 답을 발견했다. 이것이 내가 달리기를 시작한 이유다.

육신이 있는 이상 누구나 약해지는 것은
피할 수가 없다.

고비를 넘자
고요가 왔다

"몸은 몸으로, 느낌은 느낌으로 관하라."

《대념처경》

처음부터 빨리 뛰기는 어려우니 정말 천천히 달렸다. 지난 몇 달간 거리만 조금씩 늘려 왔기 때문에 속도에 대한 스트레스는 없었다. 그날도 평소와 같이 천천히 뛰면서 거리를 조금이라도 늘리자고 마음먹고는 동네를 크게 한 바퀴 도는 중이었다. 그렇게 달려서 늘

보던 길의 어느 지점에 다다르면 마음이 안정되고 성공했다는 기분이 올라온다.

이날따라 '오늘은 조금 더 뛸 수 있겠는데?'라는 생각이 들어서 발을 계속 내디뎠다. 5킬로미터는 넘겼고, 6킬로미터를 지나고 있었다. 천천히 뛰는데도 점점 지치고 호흡이 가빠져 힘들었다. 그러다가 7킬로미터쯤에 이르자 숨이 턱까지 차올라 이제 그만 멈출까 생각했다.

바로 그 순간, 뭔가 한가득했던 것이 밑동 빠지듯이 쑤욱 내려가며 호흡이 수월해지고 온갖 망상이 일시에 고요해졌다. 번뇌와 망상이 없어지고 호흡이 고요해지자 무심결에 9킬로미터까지 내처 달렸다. 그날 내 생애 가장 긴 거리를 뛰어 낸 것인데, 게다가 마지막 2킬로미터는 도무지 어떻게 된 건지 모르는 상태로 달린 것이었다.

집에 돌아와 샤워를 한 후, 그 순간을 다시 떠올려

봤다. 젊은 시절 선원에서 수행할 때 몰입에 들어갔던
상태와 같았다.

수행에서의 몰입과
달리기에서의 몰입

달리기를 하며 느낀다는 그 감정, 러너스 하이
(runners' high)를 찾아봤다. 러너스 하이는 일시적인
행복감과 함께 불안감이 줄어들고 통증 역치가 높아지
는 상태로, 장시간에 걸친 지속적인 적당한 신체 활동
이나 짧은 시간 동안 고강도 운동을 하는 데서 비롯된
다고 한다. 어느 정도의 확률로 발생하는지 정확한 수
치는 알려져 있지 않지만, 모든 운동선수가 경험하는
것은 아닌 비교적 드문 현상인 듯하다.

또 다른 설명으로는 미국의 심리학자인 A. J. 멘델
이 1979년 발표한 논문에서 처음 사용된 용어로, 달리

기 애호가들이 느끼는 도취감을 말하기도 한다. 운동을 했을 때 나타나는 신체적인 스트레스가 원인이 돼 발생하는 행복감으로도 불리며, 그 행복감을 경험한 사람들은 "하늘을 나는 느낌"이라거나 "꽃밭을 걷는 듯한 기분"이라고도 표현한다. 보통 1분에 120회 이상의 심장박동수로 30분 정도 달리다 보면 러너스 하이를 느낄 수 있다고 적혀 있었다.

내가 느낀 것이 러너스 하이인지는 잘 모르겠다. 다만 나는 행복감보다는 무념무상처럼 착 가라앉아서 평온이 지속되는 걸 관찰하며 스스로 신기해했다. 평온을 행복한 상태로 해석할 수도 있겠다.

숨이 머리끝까지 차도록 달리기,
내면을 수행하기,
마음의 한을 내려놓기.

모두 무척 힘든 일이다. 특히 한 살 두 살 나이를 먹어 가면서 매일 조금씩 낡아 가는 육체를 데리고 하기에는 무엇 하나 쉬운 게 없다. 하지만 세상사 모든 것이 그렇듯, 고비가 있는 것이다. 그 고비까지 가는 길, 고비를 넘는 길은 순탄하지 않다. 그러나 그 고비를 딱 넘는 순간, 러너스 하이처럼 인생의 중요한 장벽을 돌파한 듯 행복하고 즐거운 기분을 느낄 수 있다.

숨이 턱까지 차오르면 멈추고 싶어진다.
그때가 딱, 조금만 더 가 보라는 자리다.

번뇌가 사라진 무념무상의 기분이
나만의 러너스 하이다.

호흡하는 일에
대하여

불교 수행법 중 '수식법(數息法, 호흡의 출입을 알아차리는 수행)'이라는 것이 있다. 부처님께서 직접 창안했고 3,000년 동안 전승돼 온 호흡법이라고 한다.

호흡은 인간에게 없어서는 안 될 가장 중요하고 원천적인 기능이자 인간이 살아가는 데 필수적인 활동이다. 한마디로 호흡을 바르게 하는 것이 건강과 행복에 이르는 첫걸음이라는 뜻이다.

불교의 관점에서 보면, 호흡은 단순한 생리 작용이 아니다. 호흡은 마음이 가장 먼저 드러나는 자리이자 몸과 의식이 만나는 가장 얇은 경계다. 그래서 수행이 늘 그곳에서 시작된다. 아무것도 하지 않아도 늘 일어나는 호흡이야말로 붙잡으려 하지 않아도 관찰할 수 있는 가장 정직한 대상이기 때문이다. 부처님께서 호흡을 수행의 중심에 두신 이유도 여기에 있을 것이다.

호흡은 거짓말을 하지 않는다. 마음이 급하면 함께 가빠지고, 마음이 느슨해지면 덩달아 느긋해진다. 속이려 해도 그럴 수 없는 것이 호흡이다. 그래서 수행자는 호흡을 통해 지금 이 마음이 어디에 있는지를 말보다 먼저 알아차리게 된다.

좌선에서 숨을 세다 보면, 어느 순간 숨이 짧아질 때가 있고 괜히 깊어지려 애쓸 때도 있다. 그때마다 수행자는 알게 된다. 숨을 조정하려는 마음이 이미 개입했다는 것을.

숨을 보는 일은 곧 마음을 보는 일

호흡 수행은 숨을 바꾸는 연습이 아니라 숨을 바꾸려는 마음을 알아차리는 연습에 가깝다. 달리기와 호흡 수행은 이 지점에서 닮았다. 달리면서 숨이 흐트러질 때, 러너는 본능적으로 숨을 붙잡으려 한다. 하지만 경험이 쌓일수록 알게 된다. 억지로 다스린 호흡은 오래가지 못한다는 것을. 오히려 몸의 리듬을 받아들이고 호흡이 자연스럽게 제자리를 찾도록 기다릴 때 달리기는 다시 이어진다.

불교에서도 마찬가지다. 억지로 호흡을 고요하게 하려는 수행은 금세 긴장으로 변한다. 고요는 만들어

내는 결과가 아니라 방해하지 않았을 때 드러나는 상
태에 가깝다. 그래서 호흡 수행은 늘 단순하다. 들이쉬
는 숨을 알고, 내쉬는 숨을 아는 것. 그 이상도, 이하도
아니다.

나는 달리기를 하면서 이 단순함을 다시 배웠다. 숨
이 무너지면, 아무리 다리 힘이 남아 있어도 더 나아갈
수 없다. 늘 호흡이 먼저 한계를 드러낸다. 그 사실은
수행에서도 같다. 마음이 아무리 앞서 나가려 해도 숨
이 따라 주지 않으면 그 자리에 오래 머무를 수 없다.

불교에서 호흡을 '생명의 근원'이라고 말하는 이유
도 여기에 있다. 호흡은 살아 있음의 가장 기본적인 증
거인 동시에 집착이 가장 쉽게 개입되는 통로다.

호흡을 잘 한다는 것은 삶을 잘 산다는 말과 크게 다
르지 않다. 달리기를 통해 나는 호흡이 곧 에너지라는
말을 몸으로 이해했다. 숨이 흐트러지면 에너지도 흩

어지고, 숨이 제자리를 찾으면 같은 몸으로도 전혀 다른 거리를 갈 수 있다. 수행 또한 그렇다. 호흡이 안정되면 마음은 자연히 한곳에 머물고, 그 머묾 속에서 번뇌는 힘을 잃는다.

나는 달리는 시간을 호흡을 기꺼이 길게 써 보는 연습이자, 마음이 어디까지 함께 갈 수 있는지를 조용히 확인하는 시간으로 여긴다. 불교적으로 말하자면, 달리기는 움직이는 좌선이고 좌선은 멈춘 달리기와 닮았다. 이렇게 생각하고 나니 한 가지가 분명해진다.

'아, 이래서 내가 달리기에 빠져들었구나.'

숨을 다스리는 것이 아니라 방해하지 않을 때,
진정으로 달릴 수 있다.

달리기가 알려 준
덜어냄의 진리

"균형 잡힌 삶이 지혜를 낳는다."

《중아함경》

선원에서 수행할 때 함께 지낸 도반들 가운데 한 스님이 쓴 글에 다음과 같은 문구가 있었다.

"연장만 갈고닦지 말고, 풀을 뽑자."

도구에 매몰돼 참다운 수행을 하지 못하는 것을 경계하는 좋은 말이다. 이를 운동에 대입하면, 몸만 가꾸고 내용은 없는 운동은 수행에 도움이 되지 않는다고 해석할 수 있을 것이다.

달리기를 본격적으로 시작하면서 숨이 차오르고 다리가 무거워지는 감각을 더 세밀하게 느낄 수 있었다. 나는 또 하나의 연장을 손에 쥔 셈이었다. 호흡법을 익히고, 자세를 교정하고, 기록을 조금씩 늘려 가며 연장을 성실하게 갈고닦았다.

그러면서도 너무 무리하다고 느끼는 날에는 자주 멈춰 섰다. 숨이 가빠서가 아니라 마음이 너무 앞서간다는 것을 알아차렸기 때문이다. 속도를 늦추고, 호흡을 다시 들여다보고, 발바닥이 땅에 닿는 감각을 하나씩 확인했다. 그렇게 풀을 하나 뽑아내듯 생각을 내려놓고 나니 달리기가 다시 단순해졌다.

앞으로 나아가는 일, 지금 여기의 몸을 온전히 느끼

는 일만 남았다.

방향이 바르면
속도는 문제 되지 않는다

이제는 안다. 달리기에서 연장을 갈고닦는 일과 풀을 뽑는 일이 다르지 않다는 것을. 훈련이 깊어질수록 내려놓아야 할 것이 더 분명해지고, 내려놓을 줄 알게 될수록 몸은 더 자유로워진다. 수행이 그렇듯, 달리기도 어느 지점에서는 더함이 아니라 덜어냄의 문제였다.

기록이 연장이 될 때도 있고, 침묵이 연장이 될 때도 있다. 중요한 것은 손에 쥔 것이 아니라 그 손이 어디를 향하고 있는가일 것이다. 그렇게 달리다 보면, 어느새 길 위의 풀은 뽑혀 있고 연장은 다시 처음처럼 고요해져 있다. 그 고요 속에서 달리기는 다시 수행이 된다.

내면을 수행한다는 것이 어떤 특별한 신비 체험을

의미하는 것만은 아니라는 사실을 이제 많은 이가 알고 있다. 내면의 지혜는 삶의 태도와 행동으로 드러나기 마련이기에, 나는 언행과 깨달음이 어긋나지는 않는지를 늘 자문한다. 부족한 점을 채우려는 노력도 중요하지만, 그보다 더 중요한 것은 경험 하나하나가 지혜로 꿰어지는 일일 것이다.

수행도, 운동도, 나아가 삶도 마찬가지다.
무엇을 하느냐보다 그 일을 통해 내가 얼마나 깨어 있느냐가 더 중요하다.

해야 할 일들을 앞다퉈 몰아넣기보다 숨이 막히는 지점에서 한 걸음 물러나는 법을 배우게 됐다. 꼭 하지 않아도 될 말을 삼키고, 굳이 증명하지 않아도 될 마음을 내려놓는다. 달리기를 하며 알게 된 리듬이 이렇게 삶의 속도까지 조율해 주었다.

더 멀리 가기 위해 비워야 할 것이 있고, 오래가기 위해 내려놓아야 할 것이 있다는 사실을 몸으로 배웠다. 수행이 그렇듯, 달리기도 끝내는 성취의 문제가 아니라 방향의 문제였다. 어디까지 갔는가보다 어떤 마음으로 걷고 달리는가. 그 질문을 품고 길 위에 설 때, 덜어냄은 결핍이 아니라 삶을 지탱하는 가장 단단한 힘이 된다.

《법구경》을 보면 부처님이 이렇게 말씀하셨다.

"적은 욕심으로 만족할 줄 아는 이는 숲속의 사슴처럼 자유롭다."

아무것도 가지지 말라는 뜻이 아니라 쥔 것에 끌려가지 않는 태도를 가리킨다. 연장을 쥐되 연장에 매이지 않고, 길을 가되 목적에 붙들리지 않는 마음. 달리기를 하며 내가 배우는 자유 역시 여기에 있다.

그래서 이제 나는 연장을 갈고닦는 일과 풀을 뽑는 일을 굳이 나누지 않는다. 필요할 때는 연장을 들고, 마음이 앞서갈 때는 풀을 뽑는다. 더하고 덜어내는 그 사이에서, 몸과 마음이 함께 숨 쉬는 자리를 찾는다.

덜어낸다고 해서
모자라게 되는 것은 아니다.

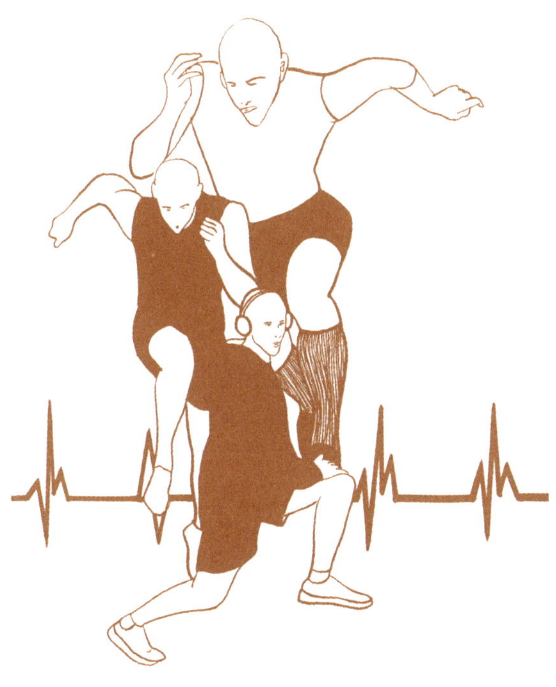

어느덧 달리기는 내 삶의 속도까지
조절해 주는 일이 되었다.

디테일은
깊이를 만든다

《잡아함경》

　불교는 디테일을 중시하는 종교다. 교리만 놓고 봐도 그렇지만, 수행 방법에 들어가면 더더욱 그렇다. 집중과 고요가 깊어질수록 수행자는 생멸의 과정을 보게 되고, 그 흐름 속에서 '나'라고 여겨 왔던 것의 실체가 얼마나 허약한지를 체득하게 된다.

이 과정은 단번에 이뤄지지 않는다. 호흡 하나, 마음의 미세한 동요 하나를 놓치지 않는 디테일 속에서 무집착의 상태로 조금씩 이동한다.

이런 디테일은 사실 모든 분야에서 요구된다. 그런데 나는 달리기를 수행이라고 말하면서도 정작 달리기의 디테일에는 꽤 오랫동안 무심했다는 사실을 뒤늦게 깨달았다. 달리기를 처음 시작했을 때의 나는 단순했다. 뛰면 숨이 차고, 숨이 차면 멈추고, 거리가 조금씩 늘어나면 잘하고 있다고 생각했다. 이 정도면 충분하다고 여겼다.

하지만 달리기를 계속하면서 알게 됐다. 달리기는 생각보다 훨씬 디테일한 세계라는 것을.

예를 들어 호흡만 봐도 그렇다. 무작정 깊게 숨을 쉬는 것이 능사가 아니며, 달리기에서는 리듬에 맞춘 호흡이 중요하다. 보통 일정한 속도로 달릴 때 걸음 수에 맞춰 들숨과 날숨을 나누는 것이 호흡의 과도한 긴장을 줄이는 데 도움이 된다. 이는 많은 러너가 경험으로, 생리적으로 확인한 사실이다. 호흡이 흐트러지면 심박이 급격히 오르고, 그 변화는 곧 몸 전체의 긴장으로 이어진다.

자세 또한 마찬가지다. 상체를 과하게 숙이거나 어깨에 힘이 들어가면 호흡이 곧바로 얕아진다. 시선을 너무 아래로 떨구거나 반대로 고개를 과도하게 들고 달리면 목과 어깨에 불필요한 부담이 쌓인다. 달리기를 오래 지속하는 사람일수록 자세를 '힘으로 잡기'보다 불필요한 긴장을 하나씩 덜어내는 쪽을 택한다.

훈련 방식에서도 디테일이 분명하게 드러난다. 무작정 거리를 늘리기보다 훈련량을 서서히 증가시키는 것이 부상 위험을 낮추면서 실력을 키우는 방법이라는 사실은 이미 널리 알려져 있다. 몸이 변화에 적응할 시간이 필요한데, 그 시간을 무시하면 통증이나 부상이라는 수업료를 내야 한다.

디테일은
집착이 아니라 지혜다

수행도 이와 다르지 않다. 몰입만 앞세운 수행이 오래가지 못하는 것과 같은 이치다. 이런 디테일들을 하나씩 알아 가며 나는 나 자신을 다시 보게 됐다. 수행에서는 마음의 미세한 움직임 하나에도 예민하면서 달리기에서는 몸이 보내는 신호를 '이 정도쯤이야' 하며 가벼이 넘기기 일쑤였다.

불교 수행에서 디테일은 집착을 키우는 것이 아니라 내려놓기 위한 장치다. 달리기의 디테일 또한 마찬가지다. 기록을 쥐기 위한 기술이 아니라 몸을 해치지 않고 오래 달리기 위한 배려에 가깝다.

이제는 안다. 디테일을 챙긴다는 것은 더 잘하려는

욕심이 아니라 지나치지 않기 위한 지혜라는 것을. 불교에서 디테일을 놓치면 수행이 관념으로 흐르고, 달리기에서 디테일을 놓치면 몸의 저항을 받는다.

그래서 요즘 나는 달리기를 하며 일부러 더 천천히 살핀다. 속도를 올리기보다 오늘의 호흡이 어제와 어떻게 다른지를 본다. 같은 거리, 같은 코스인데도 몸의 반응이 늘 같지는 않다. 어떤 날은 내내 숨이 가볍고, 어떤 날은 몇 킬로미터 지점부터 몸이 묵직하게 가라앉는다. 그 차이를 좋고 나쁨으로 판단하지 않고 그저 받아들이는 연습을 한다.

'아, 내 몸이 이런 상태구나.'

이 태도는 수행에서 배운 것이다. 수행이 깊어질수록 '오늘은 잘된다'라거나 '오늘은 안된다' 같은 판단은 점점 무의미해진다. 다만, 지금 어떤 상태인지를 정확히 아는 것이 중요해진다.

달리기 또한 그렇다. 디테일을 본다는 것은 기록을 쥐기 위해 애쓰는 일이 아니라 지금의 나를 속이지 않기 위한 일이다.

몸을 의식하는
태도와 습관을 바꿨더니

예전의 나는 달리기를 하면서도 마음 한편으로는 결과를 앞당겨 살고 있었다. 오늘의 훈련이 다음 대회에서 어떤 기록으로 돌아올지, 이 정도 속도면 어디까지 갈 수 있을지를 계산했다. 그러나 디테일에 주의를 기울이기 시작하면서부터는 자연스레 그런 계산을 하지 않게 됐다. 그 대신 오늘의 호흡, 오늘의 자세, 오늘의 피로가 어디에서 시작되는지를 보게 됐다.

이 변화는 작지만 분명했다. 몸을 다루는 태도가 바

뀌자 기록을 대폭 줄이려는 무리한 욕심도 사라졌다. 불교 수행에서 말하는 '알아차림'이 좌복(坐袱, 참선할 때 바닥에 까는 방석) 위에만 머무는 것이 아니라 움직이는 몸 안에서도 작동하다는 사실을 달리기를 통해 다시 확인한 것이다.

결국 디테일은 나를 더 엄격히 바라보게 하는 도구가 아니라 나를 덜 함부로 대하게 하는 지혜였다. 불교에서 미세한 마음의 움직임을 놓치지 않으려는 이유도, 달리기에서 작은 신호를 살피려는 이유도 같은 곳을 향하고 있다.

작은 신호와 디테일을 챙겨 보라.
알아차림은 거창하지 않다.

힘껏 달린 후
반드시 해야 할 일

"두 극단을 떠난 길이 곧 중도다."

《중아함경》

러너들은 새벽이나 이른 아침의 러닝을 마치 인생의 기적이나 묘수처럼 말하곤 한다. 하루를 완전히 다르게 열어 주는 시간이라거나 의지를 단련하는 가장 확실한 방법이라고도 한다.

그 말들이 틀렸다고 생각하지는 않는다. 다만 나는

새벽에 몸이 쉽사리 깨어나지 않는다. 잠에서 막 빠져나온 몸은 굳어 있고, 관절은 아직 밤의 시간을 붙들고 있다. 부상에 취약한 체질이라는 것을 스스로 잘 알기에 나는 아침 러닝보다는 저녁 러닝을 택해 왔다. 내 몸은 결국 내가 가장 잘 알 뿐 아니라, 제대로 파악해야 하는 책임도 나에게 있다.

"스님들은 새벽에 일어나 수행하지 않나요?"

누군가는 묻는다. 물론 그렇다. 내가 선원에서 지내던 시절에는 새벽종 소리와 함께 하루가 시작됐다. 그러나 돌이켜 보면, 그때의 새벽 수행은 지금의 달리기와는 성질이 달랐다. 몸을 혹사하는 과격한 운동이 아니었고, 젊은 몸은 회복도 빨랐다. 대중스님들과 함께하는 새벽 기도는 몸에 큰 부담이 되지 않는 리듬이었다.

하지만 지금의 나는 다르다. 그래서 달리기를 하러 나가기 전, 몸을 두루두루 만진다. 근육과 관절을 손으로 느릿느릿 짚어 가며 어두운 방 안에서 천천히 나를 깨운다.

노인이 이부자리에서 몸을 풀듯, 서두르지 않고 한 부위씩 살핀다. 무릎, 발목, 종아리, 허벅지…. 한참을 그렇게 만지다 보면, 졸렸던 눈도 조금씩 뜨이고 관절 역시 완전하지는 않아도 풀어지는 기색을 보인다.

물론 스트레칭 체조도 반드시 하지만, 관절을 미리 깨워 두지 않으면 그날의 달리기는 여지없이 몸에 큰 부담을 남긴다. 그래서 한참을 앉아 주무르고, 늘이고, 때로는 멘소래담까지 덧발라 준 뒤에야 문을 나선다. 슬프지만, 그렇게 준비를 해도 연달아 무리하면 부상은 어김없이 찾아온다. 이 몸은 생각보다 연약하고, 그 사실을 내게 수시로 일깨운다. 그럴 때면 괜스레 세월을 탓하게 된다.

몸이 아프거나 병이 들면, 유난히 서러운 마음이 올라온다. 어렸을 적에는 아프면 그저 아팠고, 회복되면 다시 가벼워졌다. 마음도 단순했다. 그러나 나이가 들어서는 다르다.

몸 어딘가의 통증 하나에도 여러 생각이 든다. 앞으로의 몸, 다시 회복될 수 있을지에 대한 염려, 예전 같지 않다는 자각이 육체적 고통보다 더 괴롭게 느껴진다.

그럼에도 나는 러닝을 통해 많은 것을 되찾은 편이다. 기력이 눈에 띄게 좋아졌고, 무엇보다 몸이 달라졌다. 달리기 전의 몸은 늘 게으름을 먼저 찾았지만, 지금의 몸은 움직일 일을 부지런히 찾아낸다.

움직이지 않으면 오히려 몸이 먼저 신호를 보낸다. 이 변화만으로도 러닝은 내 삶에 충분히 값진 방편이다.

방편이 과욕이
되지 않으려면

다만 여기서 경계해야 할 지점이 있다. 러닝을 통해 일상의 기세가 좋아졌다고 해서, 그 기운을 흥청망청 써 버려서는 안 된다는 것이다. 그것은 삶의 묘미로 향하는 길이 아니라 자칫 복진타락(福盡墮落, 선행으로 쌓아 둔 복이 다하면 고통의 세계로 떨어진다는 의미)으로 기울 수 있는 방향이기 때문이다. 좋은 것도 넘치면 부족함만 못한 결과를 만든다는 사실을 우리는 이미 여러 번 봐 왔다.

절에서 자주 쓰는 말 가운데 '오욕지족(五欲知足)'이 있다. 욕망을 끊어 내라는 뜻이 아니라 욕망을 알아차리고 그 선을 아는 태도를 말한다. 방편을 통해 에너지와 의욕이 충만해졌다면, 이제는 그 힘을 어디에 어떻게 쓸 것인지를 살필 차례다. 나는 수행자로서 러닝을 통한 성취감이 과욕으로 바뀌는 순간, 더는 지혜로 이어지지 않는다. 오히려 오욕이라는 구렁텅이로 미끄러질 위험이 커진다.

불교에서 말하는 이치와 묘미는 언제나 밝은 면만을 가리키지는 않는다. 세상의 법칙을 바로 보게 하는 힘이다. 그래서 나는 요즘 달리기를 통해 얻은 좋은 기운을 갈무리하는 데 더 마음을 쓴다. 어디에 쓸 것인지, 어디까지 쓸 것인지, 그리고 무엇을 남겨 둘 것인지를 조율한다. 더 잘 달리기 위해 애쓰기보다는 달린 뒤의 나를 더 오래 살핀다.

숨이 어떻게 가라앉는지,

몸이 얼마나 데워졌는지,

마음에 괜한 각이 서 있지는 않은지.

그 상태를 확인하는 일이 오히려 더 중요해졌다.

달리기는 나를 앞으로 밀어붙이는 수단이 아니라 지금의 자리로 되돌려 놓는 방편이 된다. 몸이 허락하

는 만큼만 달리고, 거기서 얻은 기운은 다시 일상과 수
행으로 돌려보낸다.

자연스레 떠오르는 《법구경》 속 말이 있다.

"지족은 최고의 재산이다."

이 구절을 몸으로 이해하게 됐다. 더 많이 가지는 것
이 아니고, 더 많이 쓰는 것도 아니며, 적절히 만족할
줄 아는 마음이야말로 가장 큰 자산이라는 말이다. 달
리기를 통해 얻은 기운을 다 써 버리지 않고 남겨 두는
법, 그것을 다시 삶과 수행으로 흘러보내는 법. 그 균
형을 배우는 일이 지금의 나에게는 무엇보다 중요한
공부다.

달리기는 여전히 힘들고, 몸은 여전히 연약하다. 그
사실을 아는 만큼 나는 더 조심스럽게, 더 정직하게 이
길을 걷는다. 몸을 거스르지 않고, 욕심을 키우지 않으

며, 얻은 것을 흩뿌리지 않는다. 그렇게 남김없이 쓰지 않고 남겨 두는 법을 배우는 것이 요즘 내가 달리기를 통해 익히는 가장 깊은 수행이다.

오늘도 조금 남겨 둔다.
다 쓰지 않아도 괜찮다.

내 몸을 알고 살피는 일이
한계를 넘는 것보다 중요하다.

2장

걸음 하나에
온 우주를 담는 일

잘하지 않아도
괜찮은 취미

"지금 여기에서 마음을 고요히 하라."

《숫타니파타》

석정 스님의 인장(印章)에는 자신의 호이기도 한 '삼락자(三樂子)'라는 석 자가 새겨져 있다. '세 가지 즐거움이 있는 사람'이라는 뜻이다. 그분이 말한 즐길 거리는 의외로 소박하다.

중이 된 일,

머리를 깎는 일,

국수 잡수시는 일.

이 중 어떤 것도 대단한 성취를 요구하지 않는다. 잘하지 않아도 되고, 남보다 나을 필요도 없다. 그저 그 자리에 있으면 되는 즐거움이다.

나는 이 이야기를 들을 때마다 수행이란 무엇인가를 다시 생각하게 된다. 우리는 종종 수행을 견디는 일, 버티는 일, 참아 내는 일로만 여긴다. 그러나 그 안에 즐거움이 없다면 그 수행은 오래가기 어렵다. 억지로 이어 가는 길은 대개 어느 지점에서 꺾이기 마련이다.

불교에서 말하는 즐거움은 쾌락과는 조금 다르다. 무언가를 더 얻어서 생기는 기쁨이 아니라, 지금 하는 일을 있는 그대로 받아들이는 데서 오는 편안함에 가깝다. 그래서 수행자의 즐거움은 대개 소소하고, 반복

적이며, 남의 평가와 무관하다.

깨달음을
찾지 않을 때 깨닫는다

나는 그림을 그린다. 잘 그리지는 못한다. 누군가에게 보여 줄 수준도 아니고, 전시를 꿈꾼 적도 없다. 그림을 그릴 때마다 '이게 맞나' 싶은 선들이 종이에 남는다. 하지만 그 시간이 좋다. 붓을 들고 있는 동안, 생각이 자연스럽게 느려지고 결과에 대한 욕심은 금세 사라지기 때문이다.

자전거 타기도 마찬가지다. 빠르게 달리지도, 멀리 가지도 못한다. 오르막에서는 늘 숨이 차고, 내리막에서는 조심스럽다. 그럼에도 자전거를 타고 나서면 몸이 먼저 현재를 만끽한다. 잘 타야 할 이유가 없기에 그 시간은 온전히 나에게 주어진다.

이 즐거움들은 깨달음을 얻기 위해 선택한 도구가 아니었다. 그저 살다 보니 남은 것들이다. 그런데 돌아보니 이 '잘하지 않아도 괜찮은 즐거움들'이 나를 지탱해 주고 있었다.

마라톤도 비슷하다. 마라톤은 기록의 스포츠처럼 보이지만, 사실은 완주의 스포츠다. 서브3(sub-three, 마라톤 풀코스를 3시간 이내에 완주하는 것)만이 인정받는 세계가 아니라 결승선을 통과한 모든 사람이 박수를 받는 드문 운동이다. 능력의 차이는 분명 존재하지만, 완주자들이 느끼는 충만감은 무엇과도 비교할 수 없다.

그 충만감은 숫자로 재단되지 않는다. 누군가에게는 생애 첫 10킬로미터가 다른 누군가의 풀코스보다 더 큰 의미일 수 있다. 그 순간의 크기와 깊이는 외부에서 함부로 판단할 수 있는 것이 아니다.

불교적 깨달음도 이와 닮았다. 깨달음에는 등수가

없고, 속도가 빠르다고 더 옳은 것도 아니다. 각자가
서 있는 자리에서 자신의 삶을 온전히 통과해 냈을 때
그만큼의 깊이가 주어진다.

그래서 나는 이제 인생에 즐길 거리를 갖는 일을 사
소하게 보지 않는다. 즐길 거리는 삶을 가볍게 하는 장
식이 아니라 삶을 지속 가능하게 하는 숨구멍이다. 그
숨구멍이 있어야 수행도, 삶도 막히지 않고 맑은 상태
를 유지할 수 있다.

잘하지 않아도 괜찮은 즐거움은 자기를 증명하지
않아도 되는 자리다. 그 자리에서 우리는 비로소 비교
를 내려놓고, 지금의 나로 충분하다는 감각을 배운다.

이 감각이야말로 불교에서 말하는 '족함'에 가깝다.
석정 스님의 삼락자가 그랬고 내가 붙들고 있는 그림
과 자전거가 그렇듯, 삶에는 반드시 잘하지 않아도 되
는 즐거움이 필요하다.

어쩌면 깨달음은 아주 거창한 경지에 도달하는 일이 아니라 다음과 같이 말할 수 있게 되는 순간인지도 모른다.

"이 정도면, 지금도 괜찮다."

잘하지 않아도 웃을 수 있는 일이 하나 있다면,
인생은 흔들리지 않는다.

모든 것이 짧아지는
세상에서 달리기

“세상은 끊임없이 불타고 있는데
그대는 암흑에 둘러싸인 채 어찌하여 등불을 찾지 않는가.”

《법구경》

요새는 명상에서마저 5분 명상이니 1분 명상이니 하는 말이 보인다. 사실 이렇게 짧은 명상으로는 깊이 있는 깨달음의 상태로 들어가기 어렵다. 하지만 유튜브 채널만 봐도 긴 영상보다 짧은 쇼츠가 유행하는 것이 사실이다. 쇼츠는 핵심만 빠르게 전할 때는 효과적이겠지만, 많은 시간을 들여서 공부해야 하는 것들에는 내용을 전부 담을 수 없기 때문에 오류나 오해를 부르기 쉽다. 특히 어떤 분야에 갓 입문했을 때, 정보가 적은 상태일 때는 더욱 그렇다.

직지인심(直指人心, 문자나 교리에 의지하지 않고 사람의 마음을 곧바로 가리킨다), 견성성불(見性成佛, 자신의 본성을 보아 부처가 된다)같이 짧은 시간에 진리를 파악한다는 뜻의 내용을 담은 불교 용어들이 있다. 명상과 부처의 진리에 어렵지 않게 접근할 수 있다는 불교의 장점을 강조하는 말이기는 하지만, 자칫 잘못하면 깨달음의 길이 아주 쉽다는 오해를 부를 수도 있을 것 같다.

명상을 하며 마음이 고요해지는 순간이 길지 않게 느껴질 수는 있지만, 그 심오한 깊이로 진입하기 위한 수없이 많은 시간과 노력이 필요하다는 것도 알아야 한다. 1분 또는 5분 명상이라는 용어가 단지 그 시간만 명상을 하면 된다는 인식으로 굳어질 수 있기 때문이다.

평범한 날들의 반복만이 보여 주는 것

마라톤 풀코스 완주라는 목표를 하루 100미터씩만 달려서 이룰 수 있을까? 물론 할 수 있는 사람도 어딘가에는 있을 것이다. 그러나 전혀 일반적이지 않다. 보통 사람이 매일 달리기를 연습해 마라톤을 완주하려면 시간 늘리기, 인터벌 달리기, 빨리 달리기, 오르막 뛰기, 회복 걷기, 휴식 등의 다양한 훈련이 필요하다.

사람들은 마라톤을 특별한 도전이라고 말한다. 그러나 실제로 마라톤을 준비해 본 사람이라면 안다. 마라톤은 단 하루의 용기가 아니라 수없이 많은 평범한 날들의 누적이라는 것을.

짧은 인터벌 훈련만으로는 결코 몸이 만들어지지 않는다. 긴 거리, 느린 속도, 지루할 정도의 반복이 반드시 필요하다.

어느 날, 장거리 훈련을 마치고 집으로 돌아오는 길에 문득 이런 생각이 들었다.

'이 훈련이 언제 나를 바꿨지?'

분명 어제도 뛰었고, 그저께도 뛰었으며, 오늘도 특별할 것은 없었다. 그런데도 분명히 나는 예전과 달라져 있었다. 호흡은 깊어졌고, 고통 앞에서 조급해지지 않게 됐으며, 무엇보다 멈추고 싶다는 충동이 강해질 때 멈추지 않는 법을 몸이 알고 있었다. 달리기는 늘 나보다 정직했다. 핑계가 통하지 않았고, 마음먹은 만큼만 허락해 주지도 않았다. 몸은 언제나 그동안 쌓아 온 시간만큼 반응했다.

그래서 달리기를 하며 나는 알게 됐다. 삶도, 수행도 결국은 이와 다르지 않다는 것을. 달리기는 나에게 말한다. 길어야만 도달할 수 있는 지점이 있고, 천천히 가야만 무너지지 않는 구간이 있으며, 당장 효과가 없다고 느껴지는 시간 속에서 이미 변화는 이뤄지고 있다고.

어느 순간부터 나는 기록보다 훈련을 신뢰하게 됐다. 결과보다 과정이 나를 만들어 간다는 사실을 믿게 됐다. 깨달음은 꼭 머리로 오는 것이 아니었다. 먼저 몸이 알고, 그다음에 마음이 따라온다. 긴 거리를 여러 번 건너 본 몸만이 '계속 간다'는 것이 무엇인지 이해한다.

과정이 쌓이지 않으면
어떤 결과도 오래 머물지 않는다.

마음의 고요는 한순간에 이루어지지 않고
순간순간의 집중이 모여 만들어진다.

수행자에게도
새로움이 필요하다

“탐욕을 끊은 이는 길 위에서도 평온하다.”

《숫타니파타》

류시화 씨의 글에서 처음 ‘레푸기움(refugium)’이라는 단어를 알게 됐다. 자신만의 공간, 내 존재를 잃지 않을 수 있는 곳, 피난처이자 휴식처를 뜻하는 라틴어다. 레푸기움이 반드시 눈에 보이는 장소일 필요는 없다고 한다. 어떤 이에게는 오래된 책상일 수 있고, 어떤 이에게는 하루 중 짧게 확보한 고요한 시간일 수도 있다. 중요한 것은 그곳에서만큼은 세상의 요구와 역할로부터 잠시 물러나 온전히 자기 자신으로 머무를 수 있다는 점이다.

출가 이후의 삶에서 나에게 그런 자리는 어디였을까. 절이라는 공간, 법당이라는 장소는 수행자에게 중요한 의미를 지닌다. 그러나 그곳이 언제나 곧바로 레푸기움이 되는 것은 아니다. 몸은 그 자리에 있으되, 마음은 여전히 바깥을 서성이는 경우가 더 많기 때문이다.

수행의 시간은 분명히 정해져 있고, 하루의 리듬 또한 비교적 단정하다. 그러나 마음이 늘 일정한 것은 아니다. 같은 자리에 앉아도, 같은 경을 읽어도, 어떤 날은 고요가 깃들고 어떤 날은 생각이 끊임없이 일어난다. 수행이란 결국 그 변화를 받아들이며 마음이 머무는 자리를 알아차리는 일일 것이다. 그렇다면 수행자

에게도 회복의 자리가 필요하다는 사실을 부정할 수는
없다.

달리기는 어느새 내 삶에 조용히 들어와 있다. 특별
한 의미를 부여하지 않아도, 어떤 설명을 덧붙이지 않
아도, 내가 달리는 시간은 분명히 나를 다른 상태로 이
끈다. 달리는 동안에는 불필요한 말이 줄어든다. 생각
이 완전히 사라지는 것은 아니지만, 계속 찾아오는 잡
념은 점점 줄어든다. 호흡은 자연스럽게 이어지고, 발
걸음은 반복된다. 그 단순한 리듬 속에서 마음은 서서
히 제자리를 찾는다.

나는 나중에야 깨달았다. 달리는 시간이 나에게 레
푸기움으로 작동한다는 사실을. 레푸기움은 도망치는

장소가 아니다. 오히려 다시 돌아오기 위한 자리다. 달리기를 하고 나면, 마음이 비워진다기보다 정돈된 상태가 된다. 무엇을 더 얻었다기보다는 불필요한 것들이 자연스럽게 내려앉은 느낌에 가깝다. 그 상태에서 다시 일상으로 돌아오면, 같은 풍경도 조금은 다르게 보인다.

길 위에서 만나는 사람들, 같은 방향으로 달리는 이들 또는 나와 반대 방향으로 스쳐 지나가는 얼굴들. 그들은 나에게 말을 걸지 않지만, 각자의 호흡과 속도로 존재한다. 그 모습을 바라보며, 나 또한 그저 이 세계에서 숨 쉬고 움직이는 한 존재임을 분명히 느낀다. 역할도, 이름도, 직함도 잠시 뒤로 물러난다.

달리는 시간에는 판단이 줄어든다. 잘하고 있는지, 부족한지, 더 나아가야 하는지 따지는 마음이 자연스럽게 사그라든다. 그저 지금의 호흡을 따라 한 걸음씩 내디딘다. 그 단순함이 오히려 깊은 쉼이 된다. 레푸기움이란 아마도 이런 상태를 가리키는 말일 것이다. 애써 무언가를 하려 하지 않아도 존재 자체로 충분해지는 시간.

레푸기움이라는 말이 특별하게 다가온 이유는 그것이 쉼과 몰입을 동시에 품고 있기 때문이다. 쉬기 위해 완전히 멈출 필요가 없고, 몰입하기 위해 자신을 몰아세울 필요도 없다. 그 중간 어딘가에서, 가장 자연스러운 상태로 머무는 자리. 달리기는 나에게 그런 시간을 제공해 주었다.

이제는 안다. 레푸기움은 미리 정해진 장소가 아니라 살아가며 서서히 발견되는 자리라는 것을. 어떤 이는 책을 읽으며, 어떤 이는 음악을 들으며, 또 어떤 이는 조용히 차를 마시는 시간 속에서 그 자리를 찾을 것이다. 나에게 그 자리는 달리는 시간으로 남았다.

길 위에서 회복한 것은 체력보다도 감각이다. 내가 지금 어떤 상태에 있는지, 마음이 어디쯤 와 있는지 알아차리는 힘. 그 힘 덕분에 다시 수행의 자리로 돌아갈 수 있다. 더 나아지기 위해서가 아니라 흔들리지 않기 위해서.

류시화 씨의 글에서 만난 레푸기움이라는 단어는 이제 개념이 아니라 경험이 됐다. 그것은 특정한 공간이 아니라 반복되는 시간 속에 있었다. 신발을 신고 길 위에 서는 순간 열리는 짧은 시간, 호흡과 발걸음이 나란히 이어지는 그 사이에서 나는 잠시 나 자신에게로 돌아온다. 그곳에서 마음은 억지로 고요해지지 않아도 스스로 가라앉고, 애써 붙들지 않아도 제자리를 찾는다.

부처님은《법구경》에서 이렇게 말씀하셨다.

"모든 것은 마음이 앞서며, 마음이 주인이 돼 마음으로 이뤄진다."

이 구절을 떠올리면, 레푸기움이 왜 특정한 장소일 필요가 없는지 분명해진다. 마음이 머무는 자리가 곧 도량이고, 마음이 쉬는 그곳이 이미 피난처이기 때문이다. 달리기를 하며 내가 만났던 쉼은, 어디 다른 곳에서 온 것이 아니라 바로 이 마음의 자리에서 비롯된 것이었다.

달리는 시간은 나를 다른 세계로 데려가지 않는다. 오히려 내가 늘 서 있어야 할 자리, 흔들리지 않고 숨 쉬어야 할 자리로 조용히 돌려보낸다. 그 회복 덕분에 나는 다시 수행의 일상으로 돌아온다. 더 특별해지기 위해서가 아니라 일상에서 나를 잃지 않기 위해서.

그래서 이제는 안다. 나에게 레푸기움은 멀리 있지 않다. 길 위에서, 호흡 사이에서, 반복되는 발걸음 속

에서 언제든 다시 열릴 수 있는 자리다. 마음이 앞서고
마음이 주인이 되는 그 순간, 달리는 시간은 곧 수행이
되고 삶은 다시 고요해진다.

내가 있어야 할 자리를 알면,
스스로를 잃어버릴 일은 없다.

길을 바꿨더니
마음이 깨어났다

“모든 것은 변하고 머무르지 않는다.”

《법구경》

불교에서 말하는 깊은 깨달음은 고요함에 있다. 그곳에 머물기 위해 애써 왔고, 그 고요를 조금이라도 더 붙잡아 두기 위해 나는 오랫동안 같은 자리를 맴돌았다. 그러나 늘 그 문턱에서 여지없이 무너지는 순간들이 찾아왔다. 몸은 멀쩡히 앉아 있지만 마음은 갑자기 몰아치는 '무기(無記, 선도 아니고 악도 아니어서 즐겁거나 괴로운 과보를 일으키지 않는 상태)'에 휩쓸려 깨어 있음의 자리를 놓쳐 버리곤 했다.

그때마다 오랜 수행자들이 택한 방식이 떠올랐다. 익숙한 방선(放禪, 좌선이나 불경 읽기를 잠시 쉬는 것)이나 늘 앉던 나무 아래를 떠나 의도적으로 낯선 곳으로 몸을 옮기는 일. 환경을 바꾸는 것이 수행의 본질은 아니지만, 익숙함이 나태로 바뀌는 순간을 경계하기 위한 지혜였다.

익숙함을
벗어나는 일

나의 달리기는 처음에는 아주 익숙한 풍경에서만 이뤄졌다. 동네를 한 바퀴 도는 길, 신호등 위치와 보도블록의 균열까지 눈에 선한 코스였다. 그곳에서 달

리는 일은 편안했지만, 어느 순간부터는 몸보다 마음
이 먼저 길을 외워 버린다는 느낌이 들었다. 숨은 자동
으로 이어졌고, 발걸음은 생각 없이 움직였다. 그 편안
함 탓에 나는 점점 깨어 있음에서 멀어졌다.

마라톤 대회에 나가기로 마음먹은 이유는 기록이나
성취 때문이 아니었다. 낯선 곳으로 나를 데려가고 싶
어서였다. 알지 못하는 길, 처음 밟는 아스팔트, 어디
서 바람이 불어올지 모르는 환경에서 다시 한번 몸과
마음을 현재로 불러들이고 싶었다.

마라톤 대회는 그 자체로 낯섦의 연속이다. 새벽에
도착한 도시의 공기, 처음 보는 사람들 사이에 서는 일,
지도에서만 봤던 코스를 온몸으로 통과하는 경험. 그
모든 것이 나를 자동 모드에서 끌어냈다. 낯선 길에서
는 숨을 함부로 쓰지 못한다. 속도를 쉽게 예측할 수
없고, 몸의 반응을 계속 살펴야 한다.

그 순간순간이 좌선에서 숨을 알아차리듯 달리기

속의 수행이 됐다. 나는 그때 알게 됐다. 고요는 익숙함 속에서 저절로 주어지는 상태가 아니라는 것을. 오히려 낯섦 속에서 한 발 한 발을 놓치지 않을 때 비로소 가까워진다는 것을.

《법구경》에는 이런 구절이 있다.

"방일하지 않는 이는 죽지 않고,
방일한 이는 이미 죽은 것과 같다."

이 말을 나는 달리기를 하며 다시 이해하게 됐다. 방일(放逸, 놓아 버리고 편안함만 찾는 것)이란 아무 생각 없이 반복하는 상태를 말하는 것이 아니라 지금 이 순간에 깨어 있지 않은 태도를 가리킨다는 것을. 익숙한 길에서 아무런 긴장 없이 흘러가던 나의 달리기는 내가 알아채지 못한 방일이었는지도 모른다. 마라톤 대회에서의 낯선 달리기는 나를 끊임없이 깨어 있게 했다.

몸의 상태를 묻고, 숨의 깊이를 살피고, 지금 이 선택이 조금 뒤의 나에게 어떤 영향을 줄지를 매 순간 확인하게 했다.

그 과정은 수행에서 말하는 '정진'과 다르지 않았다. 낯선 곳에서 달리는 경험이 하나둘 쌓이면서 나는 점점 더 분명히 알게 됐다. 깨달음은 특별한 체험의 순간에 번쩍 나타나는 것이 아니라, 이렇게 익숙함을 떠나 스스로를 다시 깨어 있게 하는 선택들 속에서 조용히 자라난다는 것을.

그래서 나는 마라톤 대회를 단순한 운동 이벤트로 보지 않는다. 익숙한 나를 잠시 내려놓고 다시 길 위에 서게 하는 수행의 한 방식으로 여긴다. 낯선 길을 달리는 일은 곧 낯선 나를 만나는 일이었고, 그 만남 속에서 나는 고요에 한 발짝 더 가까워졌다.

어쩌면 진정한 깨달음으로 가는 길은 모두 이렇게

생겼을지도 모른다. 편안함을 조금 벗어나 알지 못하는 길로 몸을 옮기는 것. 그 낯섦을 끝까지 통과해 냈을 때 비로소 도달하는 조용하고도 깊은 고요.

낯선 길을 선택하는 용기가
우리를 다시 현재로 데려온다.

편안함과 안락함을 벗어난 후에
가장 중요한 가르침을 얻었다.

스님,
풀코스 마라톤 뛰세요?

《법구경》

만반의 준비를 하고 처음으로 풀코스 마라톤 대회에 참가했다. 대회가 한 차례 취소돼 얼마간의 시간을 보낸 후 해를 넘겨 맞이한 대회였다. 대회에 나간다는 사실만으로도 어찌나 기쁘고 설레던지, 이런 생각마저 들었다.

'세상에 태어나 이렇게 긴장하고, 이 모든 순간을 기념하고 싶어 했던 적이 또 있었나?'

힘들게 살다가 어머니의 노력으로 생애 첫 주택에 입주하던 날, 대학에 합격했을 때, 출가를 결심했을 때, 첫 책을 출간했을 때…. 돌이켜 보면 분명 기쁜 순간들이었지만, 모두 지나간 시간으로 남아 있을 뿐 그 생생함은 오래전에 사라졌다.

그런데 이 나이에, 스님이 돼서, 이런 설렘이라니. 완주가 아니라 참가만으로도 이 정도의 벅참이라면, 이 선택은 분명 잘한 것이겠다는 생각이 들었다. 내 평생 능력 밖의 일이라고 여겼던 '마라톤 완주'를 이미 이룬 듯한 기분으로, 나는 온통 그 순간을 기념할 생각만 하며 출발선에 서 있었다.

무엇을 입을지, 사진은 어떻게 남길지, 이 순간을 어떻게 기억할지가 가장 큰 관심사였다. 구간별 속도 조절이나 급수대 활용, 심박수를 어떻게 유지할 것인지 같은 경기 과정은 전혀 고려 대상이 아니었다.

지금 생각해 보면, 그 점이 지금의 나와 가장 다른 부분이다. 그때의 나는 오직 완주를 증명하면 되는 자리에 서 있었다. 경험이 축적될수록 사람의 관심은 '결과'를 벗어나 자연스레 '과정'으로 옮겨 간다. 어떤 계획으로 마라톤을 채우고, 어떻게 실행해 나갈 것인가로 말이다. 완주에는 과정이 녹아 있고 과정을 어떻게 밟아 가느냐에 따라 완주 여부가 결정되지만, 첫 풀코스였던 그날 나의 시선은 '완주'에만 고정돼 있었다.

처음 마주한
마라톤 세계

3월의 대회장은 출발 시각이 오전 9시임에도 냉기가 서려 있었다. 입김이 나올 정도로 쌀쌀한 날씨였지만 참가자들은 반팔, 반바지, 민소매 차림이었다. 남녀노소를 가리지 않고 인파가 몰렸는데, 평소 동네에서 연습할 때는 보기 힘들던 러너들이 어디서 이렇게 모여들었는지 신기할 따름이었다. 대회장의 분위기는 축제를 방불케 했다. 가족과 연인, 친구와 동료들이 함께 와서 응원하고 즐겼다. 줄곧 절에서 생활해 온 나에게는 생소한 풍경이었다. 마라톤을 인생에 비유하고 달리는 시간을 수행의 시간이라고 말하면서도, 이런 '장'에서 함께 응원하는 모습은 낯설었다. 아쉬움과 부러움, 반성이 동시에 일어났다.

흥미롭기는 했지만, 사실 나는 눈가리개를 한 경주마처럼 좌우를 보지 못하고 있었다. 눈은 뜨고 있었지만 시선은 바로 코앞의 길을 향해 있었다. 긴장 속에서 오로지 앞만 바라봤다.

목표 달성을 위한 집중은 분명 필요하다. 그러나 그날 내가 느꼈던 좁아진 시야는 능동적인 결과라기보다는 긴장에서 비롯된 본능적 수축에 가까웠다.

출발 카운트다운이 시작되자 호흡이 가빠졌다.

'아직 뛰지도 않았는데 이 정도라니.'

뛰기 시작하면 심장이 폭발할지도 모르겠다는 생각
이 들었다. 출발 신호와 함께 인파가 밀려 나갔고, 그
흐름에 나 역시 떠밀리듯 나아갔다.

새로운
호흡을 찾다

'아직 준비가 안 됐는데….'

변명 같은 초보 러너의 외침과 거친 호흡만이 나를
채우고 있었다.

좌선 수행에서 호흡은 고요해야 한다고 배워 왔다. 호흡이 전혀 들리지 않는 것처럼 잔잔해질 때 비로소 수행의 문이 열린다고 믿어 왔다. 그런데 지금 나는 수행자가 경계해 온 그 거친 호흡을 온몸으로 몰아쉬고 있었다.

'마라톤으로 수행은 못 하겠다.'

나에게 마라톤은 무리인가 싶은 순간, 뜻밖에도 호흡이 서서히 가벼워졌다. 아무것도 하지 않고, 그저 힘겨운 호흡을 견디며 꾸준히 달렸을 뿐인데 말이다. 러너들은 이를 '호흡이 트인다'고 말한다. 그래서 출발 전 짧은 조깅과 질주로 호흡을 미리 열어 둔다.

가벼워진 호흡과 함께 첫 번째 반환점을 돌았다. 아직 초반이라 주변을 바라볼 여유가 생겼다. 마주 오는 러너들의 표정과 자세, 각자의 달리기 폼과 복장이 눈에 들어왔다. 경기의 즐거움 가운데 하나였다.

'나도 저렇게 뛰고 싶다.'
'저 사람은 몸이 정말 많이 준비돼 있구나.'

그 모습들은 다음 경기의 나를 그려 보게 했다. 세상에서 멋진 사람들은 다 이곳에 모여 있는 것 같았다. 문득 수행자들의 모습이 겹쳐졌다. 외형이 아니라 성품과 행동, 앉아 있는 태도, 수행이 스며든 음성까지. 어린 시절 나는 그런 모습들을 닮고 싶어 수행의 길에 들어섰다. 닮고 싶다는 그 마음은 지금도 달리기에 그대로 투영된다.

그렇게 나는 처음으로 낯선 흐름 안에 섞여 있었다. 아직 몸의 한계도, 마음의 동요도 본격적으로 드러나지 않은 시간. 완주가 어떤 얼굴로 다가올지 알지 못한 채 그저 설렘과 긴장, 기대와 두려움이 뒤섞인 상태로 초반의 길을 지나고 있었다.

마라톤이라는 이름의 세계는 생각보다 넓었고, 나는 이제 막 그 문턱을 넘은 참이었다. 익숙한 수행의 시간과는 전혀 다른 리듬 그러나 어딘가 닮은 낯선 도전 속에서, 천천히 발을 옮겼다.

첫 마라톤의 초반부는 그렇게 알아차림보다는 호기심으로, 결심보다는 설렘으로 채워진 시간이었다. 그날의 나는 아직 달리기를 이해하지 못했지만, 분명히 새로운 길 위에 서 있었다.

결과를 증명하려던 첫걸음은
나를 내려놓는 연습의 시작이었다.

백발의
달리기 스승님

마라톤 경기가 중반을 넘어서자, 몸이 반응하기 시작했다. 이전까지는 숨과 다리가 주고받던 신호가 있었다면, 이제는 그 모든 신호가 하나로 뭉쳐 '버겁다'는 감각으로 다가왔다.

호흡은 이상하리만치 가쁘지 않았는데, 다리가 천

근만근이었다. 숨이 차오르지 않는 대신, 한 걸음 한 걸음이 무거웠다. 그 이유를 곧 알게 됐다. 내가 이미 속도를 내려놓았기 때문이다.

이 지점부터 마라톤은 전혀 다른 얼굴을 드러낸다. 기록을 겨루는 경기가 아니라 멈추지 않는 법을 배우는 시간이 된다. 속도를 더 내기 위해 자신을 몰아붙이는 싸움이 아니라 멈추고 싶은 순간을 넘기기 위해 남아 있는 모든 것을 끌어모으는 싸움.

달리는 태도를 바꾸게 한 노인의 한 마디

첫 풀코스 마라톤에 참가한 나에게 중반부란 그렇게 버텨 내는 구간이었다. 숨은 느려졌고, 시야는 점점 좁아졌다. 이제는 주변 풍경도, 다른 러너들의 표정도 눈에 들어오지 않았다. 몸은 더 이상 앞을 내다보지 않고, 오직 지금 이 발걸음을 어떻게든 이어 가려 애쓰고 있었다. 그때 깨달았다.

'아, 이제야 비로소 첫 풀코스 마라톤이 시작됐구나.'

얼굴은 스스로 봐도 오만상일 것이 분명했다. 몸이 어디 하나 성한 곳 없을 것 같은 찌푸린 표정으로 마지막 반환점을 향해 달리고 있었다. 이미 많은 러너가 반환점을 돌아 나와 마주 보며 달려왔다.

서로를 바라보며 고개를 끄덕이거나 짧은 응원을 건네는 모습들이 보였다. 그러나 나는 그 여유마저 없었다. 시야는 흐릿했고, 마음에는 짜증과 피로가 뒤섞여 있었다. 그때였다. 눈이 아니라 귀가 먼저 반응했다. 우렁찬 목소리가 저 멀리서부터 공간을 가르며 다가왔다.

“어! 마지막 반환점 돌았고, 곧 얼마 있으면 들어갈 거야!”

백발이 성성한 노인이 휴대전화로 통화를 하며 달리고 있었다. 숨이 차 보이지도, 표정이 일그러져 보이지도 않았다. 오히려 경기 말미에 이르러 자신의 존재를 또렷하게 드러내며 공간을 가볍게 가르고 있었다.

나는 충격을 받았다. 지칠 대로 지친 나는 바로 옆 사람과 눈인사조차 하지 못할 만큼 여유를 잃었는데, 저분은 이 구간에서 저런 목소리와 자세로 달리다니.

그 모습은 단순한 체력의 차이를 넘어 삶을 대하는 태도의 차이처럼 느껴졌다. 그 순간, 말로 설명할 수 없는 깨우침이 밀려왔다. 우리는 평생 수많은 스승을 만난다. 그러나 그 가운데 얼마나 많은 이를 진정한 스승으로 받아들이고, 그 가르침 앞에서 스스로를 낮춰 변해 보려 했던가.

돌이켜 보면, 나를 바꿔 온 것은 늘 누군가의 말이

아니라 내가 감동한 순간들이었다. 그리고 바로 지금이 그랬다.

그 노인과 직접 얘기를 나눈 것도 아니고 그에게 어떤 가르침을 들은 것도 아니었지만, 그의 존재 자체가 나를 향한 한 편의 설법처럼 다가왔다. 경기 끝자락에서 나는 조금 달라진 발걸음으로 다시 앞으로 나아갔다. 몸은 여전히 힘들었지만, 마음의 방향이 달라져 있었다. 비교도, 짜증도 잠시 내려놓고 이 길을 끝까지 가 보자는 마음이 조용히 자리 잡았다.

결승선을 통과한 뒤, 절뚝이며 공원 안의 카페에 앉았다. 컵을 두 손으로 감싸 쥔 채 방금 전의 장면을 오래도록 되새겼다. 그러자 자연스레 다음을 생각하게 됐다. 다음 대회, 다음 훈련, 그리고 그사이를 채울 수많은 평범한 날들.

매일 꾸준히 훈련하지 않으면 경기의 모습은 달라

지지 않는다. 수행이 연속적이지 않으면 지혜가 현현
하지 않듯 말이다. 끊임없는 자세, 끊김 없는 주시. 그
것이 러너에게도, 수행자에게도 가장 중요한 힘이라는
사실을 다시 확인했다.

아마도 나는 한동안 달라질 것이다. 자세를 다시 세
우고, 신발 끈을 더 단단히 조여 맬 것이다. 경기 말미
에 아무 말 없이 나를 일깨워 준 그 선지자에게, 말없이
깊은 존경을 보낸다.

스승은 말로 가르치지 않고
자기의 자세로 길을 보여 준다.

삶은 언제나 예상하지 못한 순간에
가장 큰 선물을 가져다준다.

공덕처럼 번지는
인연의 발걸음

마라톤을 뛸 때 힌눈에 시선을 사로잡는 사람들이 있다. 기록 경쟁과는 무관해 보이는 이들이다. 화려한 옷을 입고 때로는 과장된 분장까지 한 채 대화를 나누고 간간이 웃으면서 달린다. 숨이 찰 법도 한데 얼굴에는 여유가 있고, 경기라기보다 축제를 즐기러 나온 사람들처럼 보인다.

이른바 '코스프레 러너'들이다. 코스프레는 게임이나 만화 속 인물로 분장하는 문화에서 쓰이던 말인데, 요새는 마라톤 코스에서도 낯설지 않게 보인다. 한때는 폐쇄적이고 엄숙하기까지 했던 마라톤이라는 운동이 어떻게 이처럼 자유로운 공간이 됐을까? 그 변화가 문득 궁금해졌다.

전해 듣기로는 마라톤이 대중화되기 전, 일반인이 대회에 참가하는 일은 쉽지 않았다고 한다. 출전 기회 자체가 거의 없었고, 실력이 있더라도 마라톤은 오랫동안 전문 선수의 영역으로 남아 있었다. 그러나 시간이 흐르면서 마스터즈 부문이 생기고, 현역 선수에 버금가는 실력을 갖춘 일반 러너들이 등장했다. 가까운 일본에서는 일반인이 국가대표가 되는 일까지 벌어졌다.

전문가의 전유물로 여겨지던 경기가 개방되기까지는 분명 적지 않은 저항과 고민이 있었을 것이다. 그럼에도 마라톤은 결국 '누구나 완주할 수 있는 경기'로서 인간의 가능성을 향해 문을 열었다. 더 나아가 놀랍게도, 이렇게 힘든 종목을 즐길 수 있는 단계로까지 끌어올리는 사람들이 등장했다. 코스프레 러너들은 바로 그 변화의 상징처럼 보인다.

또 다른 나를 보여 주는 달리는 일

수행이 어려운 시대일수록 그 수행을 감당하는 능력 또한 함께 자라야 한다는 사실을 우리는 어렴풋이 알고 있는지도 모른다. 가면이든 탈이든, 겉으로 드러난 모습에는 반드시 내면의 준비가 깔려 있다. 그것이 단순한 놀이인지 메시지를 전하는 행위인지는 쉽게 단정할 수 없지만, 분명한 것은 근기(根氣)와 여유가 없이는 불가능한 행위라는 점이다.

우리는 모두 일상에서 보이지 않는 가면을 쓰고 살아간다. 포커페이스라 부르기도 하고, 감정을 다스린다고 말하기도 한다. 그것을 모두 위선이나 억압이라고 단정할 수는 없다. 공동체 안에서 서로를 다치게 하지 않기 위한 지혜로운 조율이기도 하기 때문이다.

그런 점에서 마라톤에서의 가면은 흥미롭다. 어떤 이는 화려한 복장을 하고, 어떤 이는 과장된 표정으로 출발선에 선다. 평소에는 감추어 두었던 모습을 오히려 밖으로 드러낸다. 마치 그동안 보이지 않는 가면으로 단련해 온 몸과 마음을, 이번에는 드러난 얼굴로 시험해 보겠다는 듯이. 그래서 그들은 여유롭고, 웃을 수 있으며, 즐거운 표정으로 코스를 떠난다.

물론 이 경기에서 또 다른 가면을 쓸 수도 있다. 기록에 대한 집착, 타인의 시선을 의식하는 마음 역시 또 하나의 가면일지 모른다. 그러나 오랜 시간 보이지 않는 가면으로 자신을 다스려 온 이들이라면, 그 순간만큼은 '러너'라는 정체성조차 잠시 내려놓는다.

그 분장은 숨기기 위한 것이 아니라, 오히려 벗어 던지기 위한 몸짓일지도 모른다. 억눌러 왔던 '나'라는 벽을 웃음과 색채 속에 드러내며, 잠시나마 본래의 가벼움으로 돌아가는 시간. 마라톤의 가면은 그래서 위장이 아니라 해방에 가깝다.

자유롭기에 걸림이 없다

마라톤은 본래 힘들다. 인내가 필요하고, 결국은 자기 자신에게 깊이 집중해야 한다. 숨결 하나 발걸음 하나에 몰두하다 보면, 어느 순간 '나'라는 감각은 희미해지고 흐름만 남는다. 그 흐름에 얹혀 달리는 경험은 실제로 겪어 본 사람만이 안다. 힘을 쓰고 있다는 느낌은 사라지고, 어느새 뛰어지고 있는 상태에 들어선다.

나는 그 순간이 진정한 귀의(歸依)와 닮았다고 느낀 적이 있다. 물론 그 흐름이 아무에게나 오래 허락되는 것은 아니다. 각자의 공덕과 단련, 몸과 마음의 준비가 바탕이 돼야 그 가피(加被, 부처나 보살이 자비를 베풀어 중생에게 힘을 줌)의 시간이 이어진다. 적어도 내 경험은 그랬다.

그래서 가면을 쓰고 고통을 잊은 채 달리는 러너들을 볼 때마다 경이로움을 느낀다. 그들은 고통이 없어서 웃는 것이 아니다. 고통이 있어도 붙잡히지 않고, 오히려 그것을 품은 채 초월하듯 달린다. 그 모습은 고행을 넘어선 자유에 가깝다.

자유롭기에 걸림이 없고, 혼자 달리되 혼자가 아닌 행동이 가능해진다. 그들은 달리면서 주변에 즐거움을 건네고, 위로를 주며, 때로는 설명 없는 가르침을 남긴다. 자비는 꼭 법당에서만 실현되는 것이 아니다.

세상 곳곳에 있는 불보살(佛菩薩, 부처와 보살)은 늘

고정된 모습으로 존재하지 않는다. 없다가도 있고, 있다가도 사라진다. 다만 나를 위해 시작한 일이 타인에게까지 의미 있게 확장될 때, 그 순간 누구든 법의 힘을 드러내게 된다.

그들이 보여 준 웃음과 분장, 가벼운 인사와 흔들리는 손짓에 감사함을 느낀다. 누가 알아주든 아니든, 각자의 수행력으로 세상에 좋은 바람을 흘러보냈기 때문이다.

자유는 기록을 넘어서고,
그 자유가 두려움을 지운다.

몸과 마음의 균형을 지키는 일

기록에
집착하는 마음

몇 번의 마라톤을 뛰고 나니 완주 자체로는 마음이 가라앉지 않았다. 어느 순간부터는 자연스럽게 기록이 눈에 들어왔다. 같은 코스를 뛰어도 지난번보다 몇 분이 줄었는지, 남들은 어느 정도의 속도로 달리는지 자꾸만 비교하게 됐다. 완주 시간을 단축하고 싶다는 생각은 어느새 당연한 목표처럼 자리 잡았다.

시간이 조금이라도 비면 약한 폐활량이 더 떨어질까 마음이 조급해졌다.

'오늘 하루를 쉬면 지금까지 쌓아 온 것이 모두 무너질 거야.'

수행자의 몸으로 살아오면서도 나는 여전히 '해야만 한다'는 마음에 쉽게 사로잡히는 사람이었다.

그래서 나름 애쓴다는 것이, 마라톤과는 어울리지 않을 것 같은 100미터 질주 훈련까지 손을 대게 됐다. 순발력과 스피드를 키우면 장거리에서도 도움이 되지 않겠느냐는 논리였다. 그러나 그 논리 뒤에는 분명히 기록을 더 줄이고 싶다는 욕심이 숨어 있었다.

첫 100미터 질주를 하던 날의 감각이 아직도 또렷하

다. 시계를 세팅하고 출발선 뒤에 섰다. 속으로 숫자를 세고, 출발 신호와 함께 몸을 던진다. 온 힘을 모아 튀어나갈 거라 생각했지만, 현실은 물속에서 허우적대는 느낌에 가까웠다. 발은 바닥을 제대로 밀어내지 못했고, 몸은 무겁게 끌려갔다.

10미터쯤 지나서야 그나마 속도가 붙기 시작했다. 60미터에 이르자 숨이 가쁘다 못해 심장이 터질 것 같았다. 입과 코로 동시에 공기를 들이마셨고, 입에서는 거친 숨소리가 새어 나왔다. 70미터를 넘기자 다리에 힘이 빠지는 것이 분명하게 느껴졌다.

과호흡으로 몸이 꺼지는 듯해 결국 속도를 조금 늦출 수밖에 없었다. 고작 100미터 달리기에서 중도 포기를 한다면, 그것만큼 우스운 일도 없지 않겠는가. 마라톤 풀코스도 완주한 몸이 아닌가. 그렇게 호흡과 몸을 달래며 첫 측정을 마쳤다.

기록은 27초.

'시계가 고장 난 거 아닐까?'

시계의 고장을 의심하며 몇 번을 더 달렸다. 그러나 결과는 크게 다르지 않았다. 50미터를 넘어서면 어김없이 과호흡이 왔고, 팔다리가 따로 노는 느낌이 들었다. 여러 차례 시도 끝에 겨우 23이라는 숫자를 얻었지만, 마음은 개운하지 않았다.

'이건 훈련일까, 집착일까.'

기록을 확인하는 순간마다 기쁨보다 찜찜함이 먼저 올라왔다.

그날 밤, 오래된 경전 한 구절이 떠올랐다. 《법구경》에 이런 말이 있다.

"갈애에서 근심이 생기고, 갈애에서 두려움이 생

긴다. 갈애에서 벗어난 사람에게는 근심도 두려움도
없다."

　욕망이 생기면, 그 욕망을 지키려는 마음이 함께 자
라난다. 기록을 줄이고 싶다는 바람은 곧 기록을 줄이
지 못하면 어쩌나 하는 두려움으로 바뀌었다. 쉬는 날
에도 마음이 쉬지 못했던 이유가 거기에 있었다.

　나는 언제부터 달리기를 붙잡기 시작했을까. 달리
기는 본래 몸을 단련하고 마음을 맑게 하는 방편이었
는데, 어느 순간부터 성과를 증명해야 하는 도구로 변
하고 말았다. 100미터 질주 훈련은 그 변화를 가장 극
단적으로 드러낸 장면이었다.

　또 하나 마음에 남은 가르침은 《중아함경》의 중도
에 대한 이야기다.

　"쾌락에 빠지는 것도, 몸을 괴롭히는 고행도 모두 길

이 아니다.”

지나친 안일함이 몸을 무르게 하듯, 지나친 몰아붙임 역시 수행을 해친다. 기록을 줄이기 위해 몸을 다그치는 일이 과연 중도에 맞는가, 자신에게 물었다.

그제야 나는 깨달았다. 문제는 100미터 질주 훈련 자체가 아니라 그 훈련에 매달리는 마음이었다. 달리기를 통해 자유로워지고자 했던 내가 달리기를 통해 또 하나의 속박을 만들어 내고 있었던 것이다. 기록은 목표가 될 수는 있어도 존재의 기준이 돼서는 안 된다.

이후 100미터 질주 훈련을 완전히 버리지는 않았다. 다만 그것을 대하는 마음을 바꾸기로 했다. 기록을 확인하되 집착하지 않고, 몸의 반응을 살피되 평가하지 않기로 했다. 숨이 가쁘면 멈추고, 다리가 무거우면 물러섰다. 마라톤을 오래 하기 위해서가 아니라 수행을 오래 이어 가기 위해서였다.

기록이 줄지 않는 날이 있어도, 그날의 호흡과 걸음이 온전했다면 그것으로 충분하다. 집착이 올라오는 순간마다 나는 경전의 문장을 조용히 떠올린다. 붙잡는 순간 흔들린다는 말, 그 단순한 진리를 몸으로 다시 배우는 중이다.

달리기는 나를 앞서가게 하지 않았다.
나를 돌아보게 했다.

중도를 지키며 매달리지 않는 마음을
길 위에서 배웠다.

모두
저마다의 이유로 뛴다

앞에서도 언급했듯, 몇 번의 마라톤을 마치고 나자 분명한 목적이 생겼다. 더 빠르게 달리고 싶었다. 기록표에 적힌 숫자가 줄어드는 것이 눈에 보이는 성취였고, 인터벌 훈련과 속도 조절을 익히는 과정은 꽤 흥미로운 퍼즐 같았다. 같은 코스를 뛰어도 어제보다 몇 초라도 단축되면, 몸이 나를 배신하지 않았다는 안도감이 들었다.

'어떻게 하면 더 빨리 뛸 수 있을까?'

달리기를 할 때마다 '좀 더 빠르게'를 고민하는 러너가 됐다.

그런데 어느 순간부터 분위기가 조금 달라졌다. '느린 달리기', '존 2 러닝(최대 심박수의 60~70퍼센트를 유지하는 수준으로 달리기)', '천천히 오래 달리기'가 하나의 정답처럼 이야기되기 시작했다. 빠르게 뛰면 부상을 당한다, 진짜 러닝은 느림에서 시작한다, 기록 욕심은 미숙한 러너의 특징이다 같은 말들도 심심찮게 들렸다.

내 훈련 기록을 보고 놀라며 묻는 사람들도 있었다.

"그 속도면 너무 무리하는 거 아니야?"
"그렇게 뛴다고 뭐가 남아?"

이런 말들이 틀렸다고 할 수는 없다. 느린 달리기가 몸을 만드는 데 중요한 역할을 한다는 것도, 오래 달리기 위해서는 속도를 내려놓을 줄 알아야 한다는 것도 이미 알고 있다. 문제는 그 말들이 '조언'을 넘어 '평가'가 될 때다. 나도 모르게 마음이 흔들렸다.

내가 주체인 곳에서 진리를 찾을 수 있다

'내가 잘못 달리고 있는 건 아닐까?'
'지금까지의 방식이 전부 헛수고는 아니었을까?'

달리기를 마치고도 개운함보다 찜찜함이 남는 날들

이 늘어 갔다.

그럴 때마다 나는 다시 출발선으로 돌아간다. 내가 왜 달리기를 시작했는지를 떠올려 본다. 누군가에게 보여 주기 위해서도 아니고, 유행하는 방식에 올라타기 위해서도 아니었다. 숨이 가빠지고 다리가 무거워지는 그 감각 속에서 내가 살아 있음을 또렷하게 느끼는 시간이 좋았기 때문이다. 빠르게 달릴 때 느끼는 긴장감과 몰입, 목표 속도를 끝까지 지켜 냈을 때의 성취감은 분명 내가 좋아하는 감정이었다. 그렇다면 달리기는, 내가 좋아하는 방식으로 해도 되는 운동이다.

수처작주 입처개진(隨處作主 立處皆眞)

당나라 선승 임제의 《임제록》에 나오는 말이다. 내가 어느 곳에 놓이든 주인이 돼야 한다는 말이다. 여기서 주인은 주인공을 뜻하는 말이 아니라 주체적인 의식을 말한다. 처하는 곳마다 주체적으로 살고, 바로 그 자리가 진리의 자리라는 의미다. 무엇에 열중하든 남들의 평가를 넘어서 나만의 진리를 찾을 수 있어야 한다.

이 길 위에 서 있는
이유를 잊지 말라

러너들을 보면 정말 저마다 다르다. 어떤 이는 주말마다 30킬로미터를 느릿하게 달리며 풍경을 즐기고, 어떤 이는 짧은 거리에서 자신의 한계를 시험한다. 누군가는 풀코스를 목표로 훈련하고, 누군가는 5킬로미터 기록 단축에 집중한다. 같은 신발을 신고 같은 트랙을 뛰어도, 그 안에 담긴 목표와 리듬은 전혀 다르다. 중요한 것은 빠르냐 느리냐가 아니라 지금 자신의 몸과 삶의 속도에 맞는 방향으로 달리고 있느냐다.

그래서 나는 여전히 기록을 줄이기 위한 훈련을 한다. 그 대신 예전보다 더 자주 내 몸의 신호를 듣고, 필요할 때는 속도를 늦춘다. 느린 달리기가 필요할 때는 기꺼이 느려지고, 빠르게 밀어붙이고 싶은 날에는 주저하지 않는다.

중요한 건 남의 속도가 아니라 내가 왜 이 길 위에서 있는지를 잊지 않는 것이다. 그리고 그 질문에 스스로 답할 수 있다면, 그 달리기는 이미 충분히 잘되고 있다.

타인의 기준에 기대면 흔들리고,
나의 이유에 기대면 단단해진다.

내가 누군가의
스승이 될 수 있을까

마라톤을3 즐기며 지내다 보니, 어느 순간부터 시간 감각이 달라졌다. 계절에 따라 바뀌는 훈련 계획, 대회 일정이 하루의 기준이 됐다. 다음 대회가 언제인지, 그 날을 향해 어떤 훈련을 쌓아 가야 하는지가 삶의 구조를 만들었다. 그렇게 살다 보니 한 해가 순식간에 지나갔다. 이제 와 돌아보면, 다른 잡다한 일들에 거의 매이지 않고 지낸 시간이었다.

'시간 감각이 달라졌다'는 말은 주변을 돌아볼 여유가 사라졌다는 뜻에 가깝다. 미리 정해 놓은 달리기 훈련 일정이 틀어지는 것을 싫어해 도반들과 약속을 잡는 일까지 줄였으니까.

나를 가둔 틀에서
아주 우연히 빠져 나오다

그러던 어느 날, 문득 이 삶의 패턴이 낯설지 않다는 사실을 깨달았다. 선원에서 수행하던 시절과 거의 다르지 않았기 때문이다. 수행에 몰두할 때면 사람을 만나는 일조차 번거로웠고, 잡다한 일에 매이는 것이 싫었다. 호흡 수행과 화두를 드는 일 외의 모든 것은 방해처럼 느껴졌다. 나는 무엇 하나에 몰두하면 그 외의 세계를 자연스럽게 밀어내는 사람이었다.

나는 늘 같은 방식으로 살아왔다. 다만 몰두의 대상이 수행에서 달리기로 바뀌었을 뿐이다. 삶이 달라졌다고 생각했지만, 행동의 틀은 조금도 변하지 않았다.

수행은 몰두에서 출발하지만, 머물러야 할 자리는 거기가 아니다. 그런데 나는 여전히 좁은 '나' 안에 머물러 있었다. 단순한 삶을 말하고 경험을 통한 깨달음을 이야기해 왔지만, 돌아보면 그 모든 것은 나만을 중심으로 한 세계였다.

아주 사소한 계기가 나를 바꿔 놓았다. 거창한 행동이나 다짐이 아니라 친동생에게 건강을 위해 마라톤을 권유하면서 시작됐다. 누군가를 돕는 일을 아주 가까운 거리에서 처음으로 해 보게 된 것이다. 그 일은 나에게 하나의 전환점이 됐다.

나만의 수행에만 집중해 살아오던 내가 다른 누군가와 마라톤을 함께 준비한다는 것은 전혀 다른 감각이었다. 동생의 첫 마라톤 대회는 10킬로미터 코스였다. 나 역시 미숙한 러너지만 10킬로미터 완주가 목표인 사람과 함께 뛰며 이끄는 일에는 어느 정도 여유가 있었다. 동생이었기에 더 편안했는지도 모르겠다.

그날 나는 처음으로 '누군가를 이끈다'는 감각을 느꼈다. 불확실한 깨달음을 전하는 스승 흉내가 아니라 내 몸과 경험에 대한 확신 속에서 자연스럽게 상대를 살폈다. 내게는 익숙해진 거리가 누군가에게는 첫 도전이 될 수 있다는 사실을 그제야 몸으로 이해했다.

깨달음은
혼자 만드는 것이 아니다

그때 알게 됐다. 깨달음은 애써 만들어 내는 것이 아니라 조건이 갖춰질 때 조용히 다가온다는 사실을. 개인의 노력만으로 완성되는 것이 아니라 사람과 상황,

관계와 우연까지 어우러질 때 비로소 모습을 드러낸다는 것을 말이다. 혼자 달릴 때는 끝내 닿지 못했던 감각이 함께 달리자 자연스럽게 열렸다.

완전한 깨달음이 있다면, 지혜와 자비를 억지로 실천하려 애쓰지 않아도 되는 상태일 것이다. 마치 계절이 바뀌듯, 때가 되면 저절로 몸과 마음에서 흘러나오는 것. 나에게서 타인으로 시선이 옮겨 간 그 달리기에서 나는 처음으로 그 사실을 알아차렸다.

동생의 힘겨운 10킬로미터 완주는 나의 풀코스 완주보다 더 큰 희열을 안겨 줬다. 나는 동생의 호흡을 읽고 컨디션을 살피며 경기의 속도와 휴식 시간을 조절했다. 마침내 결승선을 통과한 동생의 기쁨이 나에게도 고스란히 전해졌다.

이후 동생은 같은 아픔을 지닌 환우들과 함께 달리고 있다. 유방암을 극복하고 10킬로미터 대회를 여덟 번이나 완주한 러너가 됐다. 최근에는 하프 마라톤에

도전하기 위해 열심히 준비 중이다.

수행을 통해 이미 '나'라는 틀을 깼다고 믿었던 나에게 동생과 함께 달린 시간은 내면의 또 다른 벽 하나를 조용히 지워 주었다. 수행은 혼자 하는 것도, 나만의 것도 아니다. 깨달음은 우주의 흐름 속에서 조건이 딱 맞을 때 주어진다. 나는 동생과 함께 달리며 다시 배웠다.

자비는 생각으로 배우는 것이 아니라
함께 숨 쉬며 익히는 것이다.

혼자 달릴 때는 끝내 닿지 못했던 감각이
함께 달리자 자연스럽게 열렸다.

뜻밖의 불운이
선물이 되다

"도량에서 단 한 생각이라도 기뻐하며 수희한다면,
이 사람은 이미 일체의 모든 부처님을 공양한 것과 같다."

《법화경》

《법화경》 속 이 문장을 처음 배웠을 때, 나는 그것을 조용한 법당의 풍경 속에서만 떠올렸다. 법회가 열리고 방석이 가득 찬 가운데 자리가 없어 문밖에 서 있는 이가 합장하며 고개를 숙이는 장면. 몸은 안에 들지 못했으되 마음만은 이미 법문 속에 들어와 있다는 뜻으로 이 구절을 이해했다. 수행은 늘 그렇게 설명됐다. 형식보다 마음이 먼저라고, 자리보다 방향이 중요하다고.

그러나 시간이 지나면서 알게 됐다. 이 가르침은 법당 안에만 머무르지 않는다는 것을. 수행이 삶으로 흘러들어 갈수록 이 문장은 뜻밖의 자리에서 나를 붙들었다. 그것은 바로 달리는 길 위에서였다.

마라톤에 참가하고 싶다는 마음은 어느 날 갑자기 생긴 것이 아니었다. 매일같이 동네 길을 달리며 새벽 공기 속에서 호흡을 고르고 발걸음을 반복하다 보니 자연스럽게 마음이 그쪽으로 향했다. 달리기는 나에게 또 하나의 수행이었고, 대회는 그 수행을 점검하는 하나의 계기처럼 느껴졌다. 기록을 세우기 위해서라기보다는 스스로를 그 자리에 놓아 보기 위해 출발선에 서고 싶었다.

처음 몇 번은 운이 좋았다. 접수 창을 열자마자 이름을 입력하고 결제까지 마쳤을 때의 묘한 설렘을 아직도 기억한다. 그날 하루는 유난히 가벼웠다. 이미 절반은 완주한 듯한 기분으로 길을 달렸다. 하지만 마라톤의 인기가 높아질수록 그 문은 점점 좁아졌다. 접수 시작 시간에 맞춰 기다려도 화면은 멈췄고, 몇 번의 새로고침 끝에 보이는 것은 '마감'이라는 완강한 단어뿐이었다.

목표가 사라지니 의욕도 사라졌다

처음에는 대수롭지 않게 넘겼다. 이번이 아니면 다음이 있겠지 하며 웃어넘겼다. 그러나 그런 일이 반복되자 마음이 달라졌다. 접수에 실패한 날이면 러닝화를 꺼내는 일이 괜히 귀찮아졌다. 달리기는 여전히 좋아했지만, 그 끝에 아무것도 남지 않는 것처럼 느껴졌다. 목표 없는 수행은 흐릿해지고, 표식 없는 길은 쉽게 흔들렸다.

결국 몇몇 대회가 추첨제로 바뀌었다. 공정성을 위한 선택이라는 설명은 충분히 이해됐다. 선착순이 아니라 모두에게 기회를 주겠다는 취지 또한 고개를 끄덕이게 했다. 하지만 추첨 결과를 기다리는 시간은 생각보다 길고 무거웠다. 발표일이 다가오면 괜히 마음이 들떴다가 '미선정'이라는 단어를 마주하는 순간 차갑게 가라앉았다.

그 일이 몇 차례 반복되자 나도 모르게 러닝에 대한 의욕이 꺾이기 시작했다. 대회에 나가지 못한다는 사실보다 계속해서 선택받지 못한다는 감각이 더 크게 작용했다. 달리기를 통해 비워 가던 마음에 알 수 없는 비교와 기대가 스며들고 있었다. 수행을 한다는 사람의 마음이 어느새 결과에 따라 오르락내리락하고 있었던 것이다.

그 사실을 깨달았을 때, 나는 부끄러웠다. 법문에서

는 외부의 조건에 마음을 맡기지 말라고 했고, 상황이 아니라 태도를 살피라고 배워 왔다. 하지만 정작 내가 아끼는 일 앞에서는 그 가르침을 쉽게 놓아 버리고 있었다. 달릴 수 있으면 기쁘고 달리지 못하면 의욕을 거두는 내 모습은 수행자라기보다 평가에 익숙한 사람에 가까웠다.

어느 날은 이런 생각도 들었다.

'마라톤에 나가지 못하면, 이 달리기는 무슨 의미가 있을까.'

그 생각이 떠오른 순간, 깜짝 놀랐다. 달리기를 시작할 때의 마음은 어디로 갔을까. 기록도, 메달도 없던 시절에도 나는 충분히 기뻐하며 달리지 않았던가.

그즈음 이 법문 구절이 다시 떠올랐다. 도량에서 한 생각이라도 수희(隨喜, 다른 사람의 좋은 일을 자기 일처럼 함께 기뻐하는 것)하면 이미 모든 부처님을 공양한 것과 같다는 말. 문득 도량이라는 말이 새롭게 들렸다. 꼭 법당만이 도량일까. 수많은 러너가 각자의 사연을 안고 달리는 이 길 또한 하나의 도량이 아닐까. 그렇다면 출발선에 서지 못한 나는 정말 이 자리에서 밀려난 것일까.

<h2 style="text-align:center">나와 타인의 경계를
지우는 일</h2>

접수하지 못한 날, 나는 일부러 길로 나섰다. 번호표도, 목표 거리도 없이 그저 평소처럼 달렸다. 그날은 유난히 많은 사람이 뛰고 있었다. 각자의 속도로, 각자의 호흡으로. 나는 그들을 스쳐 지나가며 마음속으로 합장했다. 오늘 이 길 위에 선 이들이 무사히 달리기를 마치기를, 다치지 않고 돌아오기를.

그 순간 깨달았다. 내가 달리지 않아도 달리기는 계속되고 있다는 것을. 내가 선택받지 못해도 이 길은 멈추지 않는다는 것을. 그리고 그 사실을 기뻐할 수 있다면, 그 마음 자체가 이미 수행이라는 것을.

수희란 남의 공덕에 기대어 기쁨을 나누는 일이 아니라 나와 남을 가르던 경계를 지우는 연습인지도 모른다. 내가 그 자리에 있지 않아도, 그 자리가 온전히 이뤄지고 있음을 기뻐하는 마음. 그 마음이야말로 집착을 놓는 가장 현실적인 수행일 것이다.

그날 나는 다짐했다. 접수 결과에 따라 마음이 흔들리지 않게 하겠다고. 달릴 수 있으면 감사히 달리고, 달리지 못하면 기꺼이 수희하겠다고. 상황이 나를 선택하지 않아도 나는 이 길을 선택하겠다고.

마라톤의 인기는 여전히 뜨겁고, 접수는 여전히 어렵다. 아마 앞으로도 여러 번 탈락할 것이다. 하지만 이제는 안다. 출발선이 아니라 마음의 자리에서 이미 달리기는 시작된다는 것을. 오늘도 누군가가 이 길 위에서 숨을 고르고 있다면, 나는 그 사실 하나만으로도 충분히 공양하고 있다고.

달리지 못한 날에도, 나는 여전히 달리고 있다.

선택받지 못한 날에도 멈추지 않는 마음,
그것이 나의 정진이다.

첫 부상,
이대로 괜찮을까?

대회에도 여러 번 참가하고 매일 훈련을 반복하니, 단번에 10킬로미터를 달리는 정도는 특별한 일이 아니게 됐다. 몸은 익숙해졌고, 달리기는 나의 일상에 완전히 녹아 들었다. 그래서 일주일에 한 번쯤은 오르막을 달리고, 인터벌이나 빌드업 훈련도 끼워 넣었다.

그렇게 보름쯤 지났을까. 오른쪽 무릎 바깥쪽에서 통증이 시작됐다. 처음에는 그저 '무릎이 아픈가 보다' 하고 넘겼는데, 병원에 가 진찰을 받으니 '장경인대중후군'이라고 했다. 러닝을 시작한 이후 처음으로 부상 때문에 병원을 찾은 것이다.

치료는 생각보다 오래 이어졌다. 그 과정에서 1년 넘게 신어 온 러닝화를 바꿨고, 러닝을 대하는 나의 태도와 훈련 방식도 자연스레 돌아보게 됐다. 수행이든 달리기든, 오래 지속하려면 몸과 마음이 보내는 신호를 세심하게 읽어야 하는데 그 중요한 부분을 놓치고 있었던 셈이다.

루틴을 지속하는 일은 단순한 성실함이 아니라 그만큼의 숙련을 요구한다는 사실을 간과한 것이다. 부상을 당하고서야 비로소 천천히 강약을 조절하는 법을 배우게 됐다.

마라톤 풀코스를 한 번 완주했다고 해서 내 몸이 완전히 단련됐다고 착각해서는 안 되는 일이었다. 거우 완주해 놓고 들뜬 마음에 감정의 속도를 조절하지 못했다. 다음 대회에서는 더 힘든 코스, 더 긴 거리를 뛰고 싶다는 욕심이 앞섰고, 그 과정에서 '훈련해 온 시간'과 '강약의 균형'이라는 가장 기본적인 요소를 밀어내 버렸다. 한 번의 성공이 안겨 준 성취감이 과욕을 부른 것이다.

역사상 가장 극적인 농구 선수 중 한 명인 데릭 로즈도 비슷한 시간을 지나왔다. 그는 스물두 살에 최연소 MVP를 수상했고, 미국 농구 국가대표로 금메달을 목에 건 선수다. 그러나 잦은 부상으로 몇 년간 시즌 아웃을 반복하며 부침을 겪었다. 그러다가 2018년, 미네소타 팀버울브스 시절 50득점 경기를 기록하며 극적으로 부활했다. 이 경기는 지금도 NBA 역사상 가장 감동적인 순간으로 회자된다.

그는 긴 부상과 재활의 시간을 지나며 이런 말을 남겼다.

"영원히 지속되길 바라는 일이 있다면, 결코 서둘러선 안 된다는 걸 배웠다."

모든 것에는 정법이 있고, 정도가 있다. 서두르지 않고 차곡차곡 시간을 쌓아 가는 일. 어쩌면 그것이 마라톤 한 번의 완주보다 더 값진 성취일지도 모른다. 로즈는 또 이렇게 말했다.

"이제는 농구를 당연하게 여기지 않는다."

부상을 통해 겸손과 감사를 배운 그는 농구뿐 아니

라 가족과 일상이라는 더 넓은 삶의 소중함을 깨달았
다. 나 역시 무릎의 통증 앞에서 비로소 멈춰, 오래 달
리기 위해 필요한 것이 무엇인지 다시 배우고 있다. 빠
르게 나아가는 것보다 무너지지 않고 계속 갈 수 있는
방식이 더 중요하다는 사실을 말이다.

《숫타니파타》에도 비슷한 가르침이 나온다. 허물을
벗는 뱀처럼, 집착과 자만을 내려놓을 때 비로소 상처
에서 벗어난다는 이야기다.

"자만을 버린 이는 상처받지 않고,

집착을 놓은 이는 오래 머문다."

무릎의 통증 앞에서 멈춰 선 그 시간은 나에게 하나
의 허물을 벗는 과정이었다. 더 빨리, 더 멀리 가고 싶
다는 마음을 내려놓지 않았다면 나는 오래 달리지 못
했을 것이다. 부상은 나를 뒤로 물러서게 했지만, 그

덕분에 달리기를 더 오래 이어 갈 수 있었다. 서두르지 않고, 스스로를 닳게 하지 않으면서 계속 가는 것. 그 단순한 진리를 나는 그제야 몸으로 배웠다.

서두르지 않는 태도만이
시간을 내 편으로 만든다는 것을,
나는 멈춰 선 자리에서 배웠다.

실패라고 생각했던 통증이
사실은 제때 찾아온 스승이었다.

늦어 보이는 길이
단단하다

입지 않아도 될 부상을 입고 나서야 나는 아직 삶의 진리도, 부처님의 말씀도 온전히 받아들이기에는 한참 멀었다는 사실을 인정했다. 수행을 한다는 이유로, 달린다는 이유로, 어느새 나는 스스로를 과신하고 있었던 것이다. 몸이 신호를 보냈지만, 마음이 그 신호를 듣지 않았다. 회복이 더뎌진 것은 부상 탓이기 이전에 내 태도의 문제였다.

그 무렵, 오래 마음에 두고 읽어 온 현진 스님의 글이 다시 눈에 들어왔다. 스님은 행복의 가치를 높이기 위해 반드시 유념해야 할 세 가지를 말한다.

첫째, 남의 눈치를 그만 볼 것.
둘째, 인정받으려 하지 말 것.
셋째, 의무감에서 해방될 것.

익숙한 말들이지만, 그날따라 이 문장들은 수행이 아니라 달리기에 대한 가르침으로 다가왔다. 돌이켜 보면 달리기 실력이 향상될수록 자신에게 점점 더 혹독해졌던 것 같다. 꾸준히 뛰는 사람, 기록을 쌓아 가는 사람이 되고 싶었고, 스스로 세운 루틴을 지키지 못하면 괜히 마음이 불편해졌다.

즐거움으로 시작한 달리기가 어느새 증명해야 할 과제가 됐고, 쉼은 게으름처럼 느껴졌다. 인정받고 싶다는 마음과 하루의 훈련을 반드시 해내야 한다는 의무감이 겹치면서 나도 모르는 사이에 욕심이 점점 커진 것이다.

의지력보다
나를 아는 힘이 더 중요하다

회복이 생각보다 늦어지는 동안, 이렇게 자문했다.

'그때의 몸 상태에 맞는 운동 강도와 운동량을 차분히 설정했더라면 어땠을까?'

어쩌면 그것이 기록을 높이는 가장 빠른 길이었을지도 모른다. 나는 나도 모르는 사이에 달리는 속도와 하루 운동 거리를 내 수준보다 한 단계 위에 올려놓고 있었는지 모른다.

사실 그날 소화해 낼 수 있는 운동은 단순히 근육의 힘이나 심폐 능력만으로 결정되는 것이 아니다. 회복 속도까지 고려된 계획이어야 비로소 '그날의 훈련'이 된다. 남들이 해내는 양을 기준 삼아 나 자신을 재단한 것은 나와 남을 비교한 어리석음의 결과였다. 수행에서도, 달리기에서도 비교는 늘 길을 흐린다.

물론 마음만 먹으면 하루 정한 거리나 강도를 어떻게든 해낼 수 있다. 문제는 그 일을 매일 또는 격일로 오랜 시간 지속하는 것이다.

그때 가장 중요한 것은 의지보다 회복이다. 자신의 회복력을 읽을 줄 알아야 하루의 운동량을 가늠할 수 있고, 그래야 다음 대회를 향한 일정도 무리 없이 짤 수 있다. 회복을 무시한 성실함은 결국 몸을 소모시키는 집착이 되기 쉽다.

회복력에 대한 무지는 달리기에서만 나타나는 문제가 아니다. 우리는 종종 삶에서도 같은 오류를 반복한다. 노력은 생략한 채 마음의 다짐만으로 원하는 것을 모두 끌어당길 수 있다는 믿음은 오히려 어리석음을 키운다. 열망은 분명 에너지가 되기도 하지만, 그 열기가 식지 못하면 스트레스와 상기로 변해 몸과 마음을 병들게 한다. 이루지 못한 결과 앞에서 '마음이 약해서 이 정도밖에 못 했던 거야'라며 자신을 몰아붙이는 습관은 결국 더 큰 병을 부를 뿐이다.

그래서 나는 회복력이야말로 중도에 가장 가까운 감각이 아닐까 생각하게 됐다. 불교에서 말하는 중도란 극단을 피하는 지혜이며, 몸과 마음의 상태를 있는 그대로 알아차리는 일이다. 중도적 회복을 제대로 들여다볼 수 있을 때, 달리기에서도 면역력과 회복력 그리고 달리기를 통한 자유로움이 함께 따라온다. 그러지 않으면 우리는 매일같이 올라오는 타인의 기록 인증에 휘둘리며 오늘은 얼마를 뛰었는지, 얼마나 빨랐는지를 증명하느라 쉬지 못하게 될 것이다.

나는 오래 일하면서도 쉬는 법을 잊어버린 사람들을 곁에서 지켜봐 왔다. 쉬어도 되는 날이 주어지면 불안해하고, 다시 일해야 할 시간이 돌아오면 쉼을 누리지 못한 것을 후회한다. 달리기에서도 우리는 이와 같은 어리석음을 반복한다. 쉬어야 할 때 쉬지 못하고 멈춤 속에서 회복하는 법을 배우지 못한 채 앞으로만 나아가려 한다.

부상 이후 나는 처음 달리기를 시작했을 때처럼 천천히 달리고 있다. 기록을 남기기 위해서가 아니라 스스로를 증명하려는 마음을 잠시 쉬게 하기 위해서다. 남들과의 비교에서 한 걸음 물러서는 일이야말로 회복의 힘을 키우고 수행력을 단련하는 가장 빠른 길일지

도 모른다. 늦어 보이지만 이 길이야말로 오래갈 수 있
는 길임을, 이제는 몸이 더 잘 안다.

몸과 마음이 소모되지 않도록 균형을 지키는 걸음이
우리를 멀리 그리고 오래 데려다준다.

4장

날마다 새롭고
또 새롭다

달리는 것이
진정 내 몸이 맞나?

불교문화에는 법을 닦는 중생을 호법선신이 보호한다는 말이 있다. 수행자가 홀로 정진하는 것처럼 보이지만, 실은 보이지 않는 존재들의 가피 속에서 길을 이어 간다는 뜻이다. 비슷한 맥락에서, 수행이 이뤄지는 공간을 뜻하는 도량 또한 수행자를 보호한다고 한다.

도량은 개인을 넘어선 대중의 염원이 모이는 자리이고, 그 힘에 기대어 한 사람의 부족한 정진이 보완되는 곳이다. 나는 달리기를 하면서 그 말이 단순한 종교적 비유만은 아니라는 것을 몸으로 체험한 적이 있다.

정말 내가 달리고 있는 게 맞나?

　2024 동아마라톤에 출전했을 때였다. 최상의 연습량은 아니었지만, 마라톤에 참가하는 사람들이 흔히 거치는 훈련 과정은 나름대로 따라 해 봤다. 무엇보다 동아마라톤은 평지가 많아 개인 기록을 내기 좋기로 유명한 대회다. 선수들 사이에서도 욕심을 내게 하는 코스라는 말을 여러 번 들었다.

　출발 신호가 울렸을 때 몸과 마음이 유난히 가벼웠고, 달린다는 감각 자체가 즐거웠다. 숨은 고르고, 발걸음은 자연스러웠다. 대회를 '치른다'기보다 그 안에 스며드는 느낌에 가까웠다.

정신을 차리고 보니 어느새 30킬로미터 지점을 넘기고 있었다. 시계를 보고서야 거리를 인식했다. 놀라웠던 것은 그 거리까지 거의 같은 속도로, 큰 흔들림 없이 달려왔다는 사실이다. 그동안의 마라톤 경험을 떠올려 보면 늘 중간중간 숨이 먼저 무너지고 마음이 흔들렸는데, 그날은 달랐다. 오히려 이런 생각이 들었다.

'지금 정말 내가 달리는 거 맞아?'

마치 달리는 방향으로 하나의 큰 물줄기가 흐르고, 나는 그 위에 몸을 맡긴 채 떠 있는 느낌이었다. 애써 힘을 쓰지 않아도 앞으로 나아가졌고, 호흡은 흐름에 맞춰 저절로 이어졌다. 개인의 힘으로 달린다기보다 대중의 기운과 염원에 얹혀 함께 가는 상태였다.

그 순간 깨달았다. 도량이 수행자를 보호한다는 말은 어떤 초월적 힘이 개입한다는 뜻이기 이전에 함께 모인 마음의 방향성이 개인을 들어 올린다는 의미일지도 모른다는 것을. 그날의 도로는 수많은 러너의 염원이 흐름을 만들어 낸 하나의 거대한 도량이었다.

수많은 인연이 만들어 준
새로운 깨달음

불교 경전에서도 이와 비슷한 가르침을 발견할 수 있다. 《증일아함경》에는 이런 말이 나온다.

"많은 사람이 함께 바르게 행하면, 그 공덕은 개인을 넘어 모두에게 돌아간다."

이 구절은 수행이 결코 개인의 노력만으로 이뤄지

지 않음을 말한다. 대중의 바른 행이 만들어 내는 장에서 한 사람의 부족한 힘은 자연스레 보완된다. 그날의 달리기는 바로 그런 장 속에 존재한 경험이었다.

그러나 그 흐름은 영원하지 않았다. 얼마간 달린 뒤, 체력이 그 기운을 더는 따라가지 못하면서 속도가 서서히 떨어졌다. 함께했던 큰 흐름에서 내려왔다는 느낌이 분명하게 들었다. 마치 한동안 머물렀던 세계에서 빠져나온 것처럼, 공기의 밀도마저 달라 보였다.

그때 문득 이런 생각이 스쳤다.

'내가 느낀 이 흐름이 윤회와 닮았구나.'

불교에서 말하는 윤회는 단순히 사후의 세계를 옮겨 다니는 이야기가 아니다. 인연과 업이 다하면 머물던 자리에서 내려오고, 또 다른 조건이 갖춰지면 다시 올라간다.

그날의 경험은 내가 잘나서 올라간 것도 아니고, 부족해서 떨어진 것도 아니었다. 다만 조건이 맞을 때 그 흐름에 있었고, 조건이 달라지자 자연스럽게 내려왔을 뿐이다.

이 체험을 통해 내가 얻은 불교적 깨달음은 분명하다. 수행도, 달리기도, 삶도 '내가 해낸다'는 생각이 앞서는 순간 이미 흐름에서 벗어난다는 사실이다. 개인의 노력은 분명 중요하지만, 그것만으로 모든 결과를 설명하려는 태도는 집착으로 이어지기 쉽다.

불교에서 말하는 무아(無我)의 가르침은 바로 이 지점을 가리킨다. 모든 것은 나의 의지로 완전히 통제되지 않으며, 수많은 인연과 조건이 잠시 모여 하나의 경험을 만든다. 그날의 달리기는 기록 이전에 이 무아의 진리를 가장 생생하게 보여 준 사건이었다.

그래서 그날의 기록은 단순한 숫자로 남아 있지 않다. 그것은 내 몸과 마음에 선명히 각인된 하나의 가르침이다. 흐름 안에 있을 때는 맡기고, 흐름에서 내려올 때는 내려오는 것. 붙잡지 않고, 평가하지 않으며, 다만 지나온 자리를 차분히 돌아보는 것.

불교에서 말하는 깨달음이란 이런 순간을 정확히 알아차리는 일인지도 모르겠다.

조건이 만든 순간임을 알 때,
성취는 집착이 되지 않는다.

움직인 것은 내 두 발이었지만,
나를 앞으로 나아가게 한 것은 거대한 흐름이었다.

극복하는 것보다
알아차리는 것이 중요하다

"모든 선을 받들어 행하며, 스스로 그 마음을 맑게 하라."

《법구경》

이 책을 쓰며 내가 참가한 마라톤 대회를 세어 보니 스무 번이 훌쩍 넘는다. 기록을 노리고 달리던 젊은 러너들부터 쉰을 넘기고 예순을 바라보는 나이에 여전히 출발선에 서는 사람들까지, 해마다 같은 도로에서 수많은 얼굴을 봐 왔다. 그들 가운데는 더 이상 기록을 향상시키려 애쓰지 않는 사람도 있었고, 완주 자체로 만족하는 사람도 있었다. 늦은 나이에도 꾸준히 마라톤을 이어 가는 이들을 가까이에서 지켜보며, 나는 궁금해졌다. 마라톤의 진가는 과연 어디에 있을까? 빠르게 달리는 데 있을까, 오래 달리는 데 있을까, 아니면 달리기를 대하는 태도 자체에 있을까?

마라톤에 참가했기에 깨달을 수 있었던 것들

마라톤의 장점과 유익함은 이미 많은 글과 연구를 통해 알려져 있다. 심폐 기능 향상, 지구력 증대, 정신적 안정까지 장거리 달리기가 주는 긍정적 효과는 분명하다. 그러나 일부 연구에서는 의외의 결과도 함께 제시된다. 긴 거리를 달린 직후, 일시적으로 면역 기능이 저하되고 염증 반응이 증가할 수 있다는 것이다. 그래서 마라톤에서는 훈련만큼이나 휴식과 수분, 영양 섭취가 중요하다고 말한다.

문제는 지구력 운동이 본래 긍정적인 생리 반응을 끌어내더라도, 강도와 양이 극단으로 치달으면 그 효과가 쉽게 뒤집힌다는 데 있다. 급성 염증 반응이 반복되면 만성적인 미세 손상과 조직 재구성으로 이어질 가능성도 제기된다. 결국 건강 관점에서 마라톤의 핵심은 얼마나 많이 뛰느냐가 아니라 운동과 회복 사이의 균형을 어떻게 유지하느냐다.

이 사실을 알고 있음에도 우리는 종종 같은 실수를 반복한다. 조심하며 뛴다고 다짐하지만, 어느새 다시 무리하고 치료와 훈련을 오간다. 이 반복에서 지혜를 얻지 못하면 경험은 단순한 소모로 끝난다. 욕심이 지혜보다 앞서면, 다시 뛰지 못하게 되거나 달리기를 통해 얻을 수 있는 기쁨과 깨달음에 끝내 다가가지 못한다.

나는 마라톤의 가치를 당장 몇 번의 경기가 아니라 수십 년을 달려온 사람의 시간에서 찾고 싶다. 오랫동안 달려온 사람의 마라톤에는 기록과는 다른 종류의 깊이가 있고, 그 깊이는 삶을 바라보는 태도로까지 확장된다고 믿기 때문이다.

고통 속에서
방향을 잃지 않는 힘

이 문제는 수행에서도 다르지 않다. 몸과 마음을 돌보지 않은 채 수행을 과도하게 밀어붙이면, 집착된 열의가 오히려 몸을 해치고 결국 마음까지 뒤흔들게 된다. 수행을 방편으로 삼았던 것이 도리어 자신을 위협하는 대상이 되는 순간, 그 수행의 본래 의미는 사라진다. 마라톤 역시 마찬가지다. 잘못된 경험을 '경고'가 아니라 '왜곡된 교훈'으로 전한다면, 상대 또는 다음 세대가 마라톤을 멀리하게 될 뿐이다.

불교의 핵심 가르침을 설한 《초전법륜경》에는 중도, 사성제(四聖諦), 팔정도(八正道)의 원리가 담겨 있다. 이 가르침에서 중요한 출발점은 '고통'을 어떻게 이해하느냐다. 고통을 올바르게 해석하면 길이 되지만, 그러지 못하면 고통으로만 남는다.

그렇다면 마라톤에서 말하는 '한계 극복'이란 무엇일까? 시간일까, 거리일까, 아니면 기록이 무너지는 순간을 견뎌 내는 힘일까? 나는 고통을 맞이한 지점을 다시 돌아보는 능력으로 이해하고 싶다. 불교에서는 이를 '회광반조(廻光返照, 밖으로 향해 있는 빛을 돌이켜 내면을 비춘다)'라고 한다. 소멸 직전에 빛을 돌려 스스로를 비추는 일, 고통 속에서 방향을 잃지 않고 돌아보는 힘이다.

이 힘이 있을 때 한계 극복은 성장이 된다. 그러나 이 힘을 잃으면, 같은 한계에 다시 부딪힌다. 그래서 마라톤의 진가는 특정 거리나 기록을 넘는 데 있는 것이 아니라 고통을 어떻게 바라보고, 어떻게 해석하느냐에 달려 있다. 고통을 이해의 계기로 삼으면 마라톤이 삶의 문제로까지 확장되지만, 속도와 거리만을 한계 극복으로 정의하면 몸과 마음을 숫자에 가두는 오류에 빠지게 된다.

물론 기능적 성장 또한 의미가 있다. 속도와 거리를 넘는 경험은 분명 신체의 확장을 가져온다. 그러나 그 경험을 고통의 이해로 되돌려 놓을 때, 비로소 더 큰 깨달음으로 이어질 수 있다. 기록 중심으로 뛰어도 지혜에 이르는 사람이 있는가 하면, 고통을 말하면서 성찰이 얕은 사람도 있다. 고통을 이해하는 일에도 훈련과 숙련 그리고 중도가 필요하다.

부처님 또한 깨달음에 이르기 전, 누구도 따라오기 어려운 극한의 고행을 겪었다고 전해진다. 이는 고통의 이해와 신체적 한계, 두 측면 모두를 통과했음을 의미한다. 그러나 최종적으로 부처가 가르친 것은 극단이 아니라 중도였다. 그러므로 한계 극복의 본질은 기능을 넘어서는 것이 아니라 고통에서 벗어나는 지혜에 있다.

나에게 마라톤은 불교의 사성제(고통을 알고, 그 원인을 살피고, 벗어나는 길을 발견하며, 구체적인 실천으로 나아가는 과정)를 몸으로 이해해 가는 하나의 수행처럼 느껴진다.

한계를 이겼다고 생각하는 순간보다
그 한계를 성찰하는 순간이 더 멀리 간다.

다시 돌아오는
힘에 대하여

"일체 중생은 비록 생멸이 있으나
불성은 멸하지 않는다."

《대반열반경》

달리다 보면, 자기 자신과 수없이 타협하게 된다. 출발 전 마음먹은 거리보다 훨씬 짧게 달리는 날이 있기 마련이고, 중간에 속도를 지키지 못하는 구간도 발생한다. 어떤 날은 신발을 신는 것만으로도 이미 절반은 포기한 기분이 든다. 몸이 무겁다는 이유로 또는 마음

이 내키지 않는다는 핑계로, 우리는 늘 자신과 흥정을
한다.

그 흥정은 대개 조용하다.

'오늘은 여기까지만 해도 괜찮지 않을까?'
'이번 주는 컨디션이 별로니까 다음에 보충하자.'

이런 말들은 누구에게도 들리지 않지만, 가장 가까
운 존재에게는 또렷이 들린다. 바로 자기 자신에게.

흔들려도
무너지지 않으면 괜찮다

수행도 다르지 않다. 방석 위에 앉아 있더라도 마음
은 자주 다른 곳으로 간다. 숨을 따라가겠다고 다짐하
지만, 어느새 과거의 말 한마디에 붙잡히고 아직 오지

않은 일을 걱정한다. 그때마다 우리는 또 타협을 한다. '오늘은 이 정도면 충분하다'고, '지금은 이만하면 괜찮다'고.

이 타협들은 흔히 실패로 불린다. 계획을 지키지 못했기 때문이고, 기준에 도달하지 못했기 때문이다. 그러나 마라톤을 오래 뛰어 본 사람, 수행을 오래 해 온 사람은 안다. 모든 타협이 곧 포기는 아니라는 사실을.

마라톤에서 잠시 걷는다고 해서 경기가 끝나는 것은 아니다. 하루 훈련을 건너뛰었다고 해서 다음 시즌이 사라지는 것도 아니다. 오히려 중요한 것은 그다음이다. 걷고 난 뒤 다시 뛰는가, 흐트러진 계획을 다시 세우는가, 타협한 시간을 채우기 위해 또 한 번 신발을 신는가.

수행도 마찬가지다. 집중이 무너진 순간보다 중요한 것은, 그 사실을 알아차리고 호흡으로 다시 돌아오는 일이다. 한 생각에 끌려갔다는 사실을 인정하고, 앞아 있는 자리로 다시 돌아오는 것. 그 돌아옴이 쌓여 수행이 된다.

불교에서 말하는 고행은 종종 오해된다. 붓다가 고행을 부정했다는 말은 고됨과 노력을 거부했다는 뜻으로 쉽게 번역된다. 그러나 붓다가 버린 것은 의미 없는 고통, 방향을 잃은 고행이었다. 깨달음으로 향하지 않는 애씀, 아상(我相)을 더 단단하게 하는 고통을 그는 분명히 경계했다. 그렇다고 수행에서 힘겨움이 사라진 적은 없다.

오히려 수행은 꾸준한 노력 없이는 한 걸음도 나아갈 수 없다. 계를 지키는 일, 마음을 관찰하는 일, 번뇌를 있는 그대로 마주하는 일은 모두 고된 작업이다. 다만 그 고됨이 어디를 향하느냐가 중요할 뿐이다.

마라톤도 그렇다. 다리가 무거워지는 순간은 누구에게나 온다. 호흡이 가빠지고 몸이 말을 듣지 않을 때, 러너는 선택해야 한다. 이 고통을 왜 견디고 있는

가. 기록을 위해서인가, 완주를 위해서인가, 아니면 이 길 위에 서 있는 자기 자신을 끝까지 데리고 가기 위해 서인가.

마라톤과 수행을 함께 하는 사람은 '자기를 넘는다' 는 말을 다르게 이해하게 된다. 자기를 넘는다는 것은, 흔들리는 순간에도 자기 자신을 버리지 않는 일이다. 타협은 그 과정의 일부다. 완벽한 계획은 존재하지 않 고, 완벽한 수행도 없다. 중요한 것은 타협한 자기 자 신을 실패자로 규정하지 않는 태도다. 자신을 불러 세 우고, 다시 길 위에 올려놓는 일이다.

계속
돌아오는 사람

마라톤을 완주한 뒤 돌아보면, 그 길은 언제나 불완 전했다. 속도가 무너진 구간이 있었고, 마음이 꺾인 순간도 있었다. 훈련이 계획대로 흘러간 적은 거의 없었다. 그럼에도 완주할 수 있었던 이유는 단 하나다. 도중에 흔들렸던 자신을 끝내 버리지 않았기 때문이다.

수행도 그렇다. 흔들리지 않는 수행은 없다. 의심 없는 수행 또한 없다. 그러나 길이 되는 수행은 늘 다시 돌아온 수행이다. 방석으로, 호흡으로, 지금 이 순간으로. 마라톤과 수행이 만나는 지점에서 얻는 깨달음은 그래서 아주 소박하다.

나는 완벽하지 않다. 그러나 나는 계속 돌아오는 사람으로 남을 수 있다. 고행이란 자신을 괴롭히는 일이 아니다. 고행은 자신을 끝까지 데리고 가는 일이다. 타협을 거듭하면서도 스스로에게 실망하지 않고 다시 길을 묻는 일이다.

달리는 사람은 안다. 오늘의 실패가 내일의 훈련이 될 수 있다는 것을. 수행자는 안다. 오늘의 번뇌가 내일의 지혜로 이어질 수 있다는 것을. 그래서 오늘도 나는 다시 신발을 신는다.

　그 반복 속에서 나는 조금씩 알게 된다. 자기를 넘는다는 말의 진짜 뜻을. 그것은 타협하지 않는 삶이 아니라 타협한 뒤에도 다시 돌아오는 삶이다.

끝내 완주하는 사람은 타협하지 않는 사람이 아니라
타협 후에도 다시 길 위에 서는 사람이다.

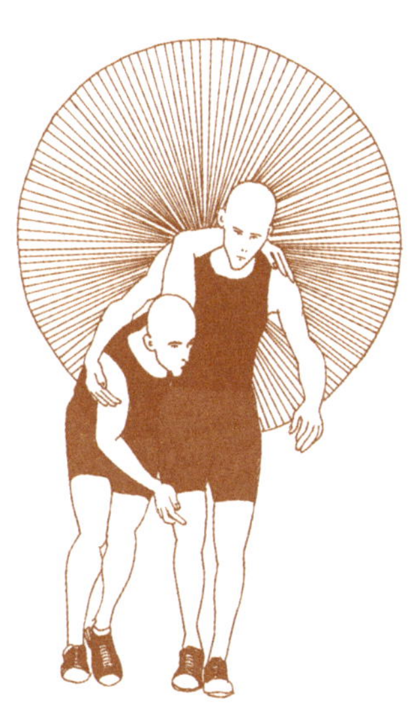

흔들림 없이 가는 길은 없다.
흔들려도 쓰러지지 않기 위해 계속 간다.

겁 없이
100킬로미터 마라톤에 도전하다

여러 풀코스 마라톤에 도전하며 경기의 구조가 익숙해질 무렵이었다. 어느 순간부터 울트라 마라톤(42.195킬로미터라는 정규 거리를 넘어 50킬로미터, 100킬로미터를 정해 놓고 달리는 경기. 시간을 정해 놓고 달리는 경기, 특정 구간을 달리는 경기 등도 있다)이라는 종목이 눈에 들어왔다. 더 빨라지기 위해서도, 더 강해 보이기 위해서도 아니었다. 풀코스를 반복해서 달리다 보니 숫자와 기록 바깥에서 마라톤을 다시 바라보고 싶어져서였다.

울트라 마라톤이
내게 남긴 의미

그렇게 해서 처음 참가한 울트라 마라톤이 서울한강 울트라 마라톤이었다. 나에게는 생애 첫 울트라 마라톤이었다. 한강을 따라 이어지는 그 긴 거리는 풀코스 이후의 세계를 몸으로 직접 확인해 보고 싶다는 마음에서 선택한 자리였다.

선방에서 수행하던 시절을 떠올려 보면, 수행 초입에는 늘 열기가 있다. 하루 여덟 시간에서 아홉 시간으로 수행 시간이 정해진 도량을 중심으로 정진하다가,

스스로 선원을 선택해 다닐 수 있는 시기가 오면 대부분은 더 강도 높은 가행정진(加行精進) 도량으로 발길을 옮긴다. 깨닫고자 하는 마음이 가장 뜨겁게 일어나는 때이기 때문이다. 초참자 시절의 수행은 대개 그렇다. 자신을 극한으로 몰아붙이는 일이 수행력을 점검하는 계기이자 극기이며, 영적 성장을 위한 선택처럼 여겨진다.

절집에서는 안거를 얼마나 났는지로 사람을 가늠하기도 한다. "몇 철 사셨어요?"라는 질문에는 경험과 지혜를 묻는 의미가 담겨 있다. 중첩된 시간이 결코 가볍지 않다는 점도 사실이다. 그러나 그것이 절대적인 기준이 될 수는 없다. 숫자는 이해를 돕는 도구일 뿐 본질을 대신하지는 못한다. 수행의 세계에서도 이 숫자 놀음에 얼마나 많은 이들이 휘둘려 왔는지를 우리는 이미 알고 있다. 그래서 더욱 자주, 스스로를 돌아봐야 한다.

마라톤 역시 다르지 않다. 긴 거리를 달린다고 해서 훌륭해지는 것도 아니고, 풀코스를 빠르게 완주한다고 해서 깨달음에 가까워지는 것도 아니다. 몇 번의 경기를 치렀는지, 어떤 기록을 남겼는지보다 중요한 것은 그 시간을 통과한 내 마음의 상태다. 내가 왜 그 먼 거리를 달렸는지, 그 거리를 위해 쏟은 시간과 집중력 그리고 오랜 세월 선원을 오가며 수행을 이어 올 수 있었던 집념과 인내가 어디를 향하고 있었는지를 묻지 않을 수 없다.

기록과 횟수는 세상에 내놓고 말하기 좋은 훈장이 될 수는 있다. 그러나 그것이 곧 삶의 방향을 보증해 주지는 않는다. 출가하며 품었던 서원, 괴로움에서 벗어나 윤회의 고리를 여의고자 했던 그 마음에 좌선과 달리기가 지금도 복무하고 있는지를 점검해야 한다. 그렇지 않다면 달리기는 어느새 '몇 번 완주했는가'를 증명하는 또 하나의 배지가 되고 만다.

　세상은 기록과 역량으로 사람을 나누고 등급을 매긴다. 그러나 어떤 등급도 해탈을 보장하지 않는다. 그래서 더 중요해지는 질문이 있다.

　'나의 달리기가 지금 내 삶의 문제를 어떻게 풀어내고 있는가.'

　'고통을 대하는 태도에서 달리기의 힘이 과연 나를 자유롭게 하고 있는가.'

　이 질문 앞에서 나는 더 오래, 더 길게, 더 멀리 달려보고 싶어졌다. 그것은 욕망이나 과욕 때문이 아니었다. 오히려 기록과 숫자의 기준이 더는 작동하지 않는 지점에서 내 마음이 어떤 상태로 남아 있는지를 확인해 보고 싶어서였다. 울트라 마라톤에 관심이 생긴 이유도 여기에 있다. 풀코스 이후의 거리는 성취를 확장하는 공간이 아니라 성취의 의미가 흐려지는 영역이기 때문이다.

서울한강 울트라 마라톤의 코스 위에서 나는 분명히 느꼈다. 울트라는 묻는다.

'그래서 너는 왜 아직도 달리고 있는가?'

이 질문 앞에서는 자랑도, 비교도 오래 머물지 못한다. 남는 것은 오직, 지금 이 고통을 어떻게 바라보고 있는가 하는 문제뿐이다. 나는 그렇게 해서라도 이 질문을 놓치지 않고 싶었다.

'수적천석(水滴穿石)'이라는 말이 있다. 작은 물방울이 바위를 뚫는다는 뜻이다. 흔히는 노력의 축적을 말하지만, 나는 이 말을 지속성의 비유로 이해하고 싶다. 단단함을 이기는 것은 순간의 힘이 아니라 멈추지 않

는 흐름이라는 의미로 말이다. 수행도, 달리기도 결국
은 이 지속성 위에서만 제자리를 찾는다.

그래서 나에게 울트라 마라톤은 더 강해지기 위한
길이 아니다. 숫자에서 벗어나 마음을 다시 바라보기
위한 길이다. 더 멀리 가기 위함이 아니라 더 깊이 돌
아보기 위한 선택이다. 그 선택이 나를 어디로 데려갈
지는 아직 알 수 없지만, 적어도 지금은 분명하다. 나
는 여전히 달리기를 통해 나의 수행이 어디를 향하고
있는지를 묻고 있다.

끝까지 남는 것은 숫자가 아니라
그 길 위에서 놓치지 않은 질문이다.

찌는 듯한 여름에
해야 할 일

《금강경》

가장 더울 때 치렀던 경기로는 8월에 열린 서평 울트라 마라톤과 9월에 열린 철원 마라톤이 있다. 서평 울트라 마라톤은 100킬로미터 경기였고, 철원 마라톤은 42.195킬로미터의 풀코스 경기였다. 이 두 가지가 내가 느끼기에 가장 더웠던 대회다.

한여름에 달리는 일은 생각보다 훨씬 가혹했다. 아침부터 공기가 무겁게 달라붙고, 해가 중천에 뜨면 바람조차 열을 머금는다. 땀은 식을 틈 없이 흐르고, 숨은 몇 킬로미터 지나지 않아 금세 거칠어진다. 그 계절의 달리기는 시작부터 이미 인내였다.

그런데 이 두 마라톤에서는 정말 견디지 못하겠다고 느낄 즈음이면 어김없이 눈앞에 급수대가 보였다. 그 잠깐의 물 한 모금 덕분에 완주할 수 있었다.

인간의 한계가 어디까지인지는 알 수 없지만, 확실한 것은 한계점마다 살아날 수 있는 조건이 주어질 때 몸은 다시 회복한다는 사실이다. 이 단순한 원리는 달리기에서만 유효한 것이 아니다. 수행에서도 크게 다르지 않다.

각 개인에게는 저마다의 임계 지점이 있다. 집중이 무너지고, 몸이 신호를 보내고, 마음이 게으름과 회피를 만들어 내는 지점. 그 지점을 무시한 채 무작정 밀어붙이는 수행은 오래가기 어렵다.

　나 역시 체중이 줄어들수록 몸이 얼마나 쉽게 취약해지는지를 직접 겪으며 알게 됐다. 몸무게가 준다는 것은 단순히 살이 빠지는 일이 아니라 몸이 외부 환경을 견디는 여력이 줄어든다는 뜻이었다. 특히 추위에 대한 저항력이 급격히 떨어졌다. 같은 온도, 같은 공간인데도 어느 순간부터는 몸이 먼저 움츠러들고 집중은 그다음 문제로 밀려났다.

다시 일어날 수 있는
지점을 찾아서

　변화는 의지의 문제가 아니었다. 몸이 보내는 신호였다. 열량이 부족해지고 체온을 유지할 힘이 떨어지면 아무리 마음을 다잡아도 수행은 점점 형식에 가까워진다. 앉아 있는 시간은 늘릴 수 있을지 몰라도 그 자리에 머무는 깊이는 유지하기 어려워진다.

돌아가신 스님 가운데는 한여름에도 두꺼운 옷을 겹겹이 입고 지내던 분이 계셨다. 언뜻 이상해 보일지 몰라도, 정신의 문제가 아니라 몸이 외부 온도를 견디지 못하는 상태였기 때문이다. 체중이 급격히 줄면 몸은 열을 저장하지 못하고, 그 상태가 오래 지속되면 다시 돌아오기 힘든 지점으로 넘어가게 된다.

수행처의 환경은 대체로 넉넉하지 않다. 열악함 속에서도 인내하며 정진하는 것이 오래도록 미덕처럼 여겨져 왔다. 그러나 모든 수행자가 같은 체력, 같은 회복력을 갖춘 것은 아니다. 더위와 추위, 부족한 보급이 겹치면 몸이 무너지고, 그러면 마음이 그 뒤를 따른다.

이 지점을 무시한 수행은 결코 오래가지 못한다. 의지로 버티는 시간은 늘릴 수 있을지 몰라도 지속성은 확보되지 않는다. 그래서 나는 수행에서도 각 개인이 회복할 수 있는 경계를 정확히 아는 일이 중요하다고 느끼게 됐다.

몸을
존중하는 시간

이 깨달음은 달리기를 통해 더욱 분명해졌다. 마라톤 훈련에서는 몸이 완전히 무너지기 전의 지점을 의도적으로 오가며 훈련한다. 편안함에 머물지 않되, 회복이 불가능한 선을 넘지 않는다. 그 경계를 반복해서 경험하는 과정에서 몸이 조금씩 적응해 기능이 서서히 확장된다.

수행도 이와 크게 다르지 않다. 건강할 때 가행정진과 휴식을 번갈아 가며 이어 갈 수 있다면, 어느 순간부터는 오래 앉아 있는 것이 특별한 일이 아니게 된다. 마치 충분한 훈련을 거친 러너가 일정 거리까지는 별다른 각오 없이도 달릴 수 있게 되는 것처럼 말이다.

좌선 역시 마찬가지다. 자주 앉고 짧게라도 꾸준히 명상하며 몸과 마음이 머무를 수 있는 시간을 늘려 가다 보면 조금씩 더 길게, 더 깊게 앉게 된다. 이 과정은 단번에 도약하지 않는다. 저마다 지닌 한계의 문턱을 드나들며 조심스럽게 확장된다.

물론 기능만으로 삼매에 이를 수는 없다. 아무리 오래 앉아도, 몸이 버틴다고 해서 자연스럽게 깊어지는 것은 아니다. 그러나 기능적 단련이 전혀 없다면 그 문턱에 서 보는 것조차 쉽지 않다. 그래서 나는 이 모든 과정을 몸을 단련하는 일이라기보다 몸을 존중하는 법을 배우는 시간이라고 느낀다. 얼마나 더 밀어붙일 수 있는지가 아니라 어디까지 가야 다시 살아날 수 있는지를 아는 지혜 말이다.

달리기에서든 수행에서든, 오래가는 사람들은 대체로 자신을 함부로 쓰지 않는다. 극한을 이겨내기 위해 애쓰는 것이 아니라 극한을 정확히 알고 다룬다. 그 차

이가 지속을 만들고 깊이를 만든다. 이제 나는 몸을 보
호하는 일이 수행을 방해하는 것이 아니라 오히려 수행
을 가능하게 하는 조건이라는 것을 조금은 알 것 같다.

극한을 넘는 힘보다 다시 살아날 수 있는
지점을 아는 지혜가 우리를 오래가게 한다.

정말 포기하고 싶을 때, 정신을 차리면
늘 나를 살릴 무언가가 기다리고 있었다.

미울수록
한번 더 찾아간다

"과거심도 얻을 수 없고
현재심도 얻을 수 없으며
미래심도 얻을 수 없다."

《금강경》

울트라 마라톤에 도전한 이후, 나는 자연스럽게 다른 형태의 마라톤에도 관심을 갖게 됐다. 로드를 달리는 일에 익숙해질수록 그 익숙함 바깥에 무엇이 있는지를 알고 싶어졌기 때문이다. 그러던 중 유독 눈에 들어온 대회들이 있었다. 야외 장애물을 넘는 경기, 실내 고강도 체력 운동이 결합된 대회, 산을 뛰는 경기였다.

그중에서도 산을 달리는 트레일 러닝은 어린 시절부터 등산을 싫어했던 나에게 묘한 도전 의식을 불러일으켰다. 산은 언제나 힘든 곳이었고, 굳이 오르지 않아도 될 곳이라고 여겨 왔다. 그런데 그 산을 '뛴다'는 발상은 피하고 싶던 대상이 수행의 장으로 바뀌는 순간처럼 느껴졌다. '미운 놈 떡 하나 더 준다'는 생각으로 트레일 러닝에 도전하게 된 것이다.

운동선수들이 체력을 키우기 위해 언덕과 산을 오르내린다는 이야기는 익히 들어 알고 있었다. 평지를 달리는 것보다 훨씬 큰 체력 소모가 있고, 그 과정을 통해 평지에서의 수행력이 올라간다고 했다. 노면이 고르지 않으니 균형감이 요구되고, 순간적인 판단과 움직임이 필수다. 잠깐의 방심이 부상을 초래할 수 있기에 주의가 자연스레 초집중의 상태로 수렴된다. 설명만 놓고 보면 트레일 러닝은 수행과 닮았다.

첫 트레일 러닝에
도전하다

그렇게 참가하게 된 대회가 2023년 서울 관악산 트레일 러닝 대회였다. 관악산은 어릴 적 부모님 손에 이끌려 연주암에 몇 번 다녀온 기억이 있어서 낯설지는 않았다. 그렇다고 해서 친근한 곳은 아니었다. 등산조차 버거워하던 그곳에서 달리기 시합을 한다는 사실이, 출발선에 서서야 실감이 났다. 묘한 감회가 올라왔다.

출발지에 모여든 러너들의 얼굴을 보며 또 한 번 놀랐다. 로드 러닝 대회에서는 비교적 젊은 사람들이 많이 눈에 띄었는데, 이곳에서는 50대 이상으로 보이는 러너들이 주를 이뤘다. 기록보다는 경험과 지속의 시간이 쌓인 몸들처럼 보였다.

출발 신호와 함께 곧바로 오르막길을 맞닥뜨렸다. 처음부터 만만치 않은 코스였다. 지도와 함께 달리는 경기에 익숙하지 않아 최대한 앞사람을 놓치지 않으려 애썼다. 이곳에서는 나의 속도보다 길의 흐름이 우선이었다.

오르막을 넘어 관악산 둘레 데크길에 들어서고 나서야 숲이 눈에 들어왔다. 트랙에서는 느낄 수 없었던 평온함이 그 길에 깔려 있었다. 아름드리나무들이 데크길을 사이에 두고 양쪽에서 몸을 기울여 마치 달리는 사람을 보호하듯 서 있었다. 그 길 끝에서 호압사를 만났는데, 암자라고 부르기에는 도량이 제법 큰 사찰이었다.

되돌아오는 길에 법당에 들러 참배를 하겠다고 부처님께 마음속으로 약속을 하고 두 번째 오르막길에 접어들었다. 그러나 산길은 약속을 배려하지 않았다.

비탈진 흙길도 버거웠고, 오르기 쉽게 만들어 놓았다
는 계단마저 만만치 않았다. 한 발 한 발 올라갈수록
후회가 밀려왔다.

'평지도 힘들어하면서 왜 이걸 하겠다고 했을까.'

호흡은 정수리를 뚫고 나갈 듯 가빠졌고, 다리는 후
들거려 한 걸음 떼는 것조차 쉽지 않았다. 뛰기는커녕
등산조차 되지 않는 속도로, 몸을 조금 옮겨 놓고는 길
한쪽에 비켜서서 숨을 고르기를 수없이 반복했다. 이
대로라면 첫 트레일 러닝이 실패로 끝나는 것은 아닐
까 하는 불안이 엄습했다.

그러나 이상하게도, 그 불안 속에서 포기하고 싶다
는 생각은 오래 머물지 않았다. 달린다는 감각은 희미
해졌지만, 그 자리에 '계속 가고 있음'만은 분명히 남아
있었다. 어떻게 달렸는지조차 기억나지 않은 채, 나는

마침내 결승선을 통과했다.

완주였다.

허탈함과
허무가 주는 깨달음

첫 트레일 러닝에 대한 두려움과 낯섦은 그렇게 종결됐다. 다음 대회를 자연스레 떠올리게 되는 완주자의 성취감이라고 해야 할까. 그런데 이상하게도, 결승선을 지나고 나면 늘 그렇듯 마음이 곧 허탈해졌다. 할 수 있다는 가능성이 보이던 시점에서 가장 강렬했던 감각이, 도파민이 빠져나가듯 한순간에 사라졌다.

'이게 다인가?'
'그래서 무엇이 달라졌지?'

이 허탈함을 단순한 호르몬의 장난으로 넘기고 싶지는 않았다. 수행자로 살아온 시간만큼 나는 이런 순간을 사유하는 습관을 가지고 있었다. 원하던 것을 손에 넣었을 때의 기쁨은 분명 크다. 그러나 그 기쁨은 오래 머물지 않는다. 익숙해지는 순간, 강렬함은 사라지고 소중함도 흐려진다.

돌이켜 보면, 그 허탈함이야말로 나에게 가장 정직한 가르침이었다. 성취는 붙잡을 수 있는 실체가 아니라는 사실, 이루는 순간 이미 사라지고 있다는 사실을 몸으로 알려 주었기 때문이다. 트레일 러닝은 나에게 더 강해지는 법을 가르치지 않았다. 그 대신, 왜 나는 늘 어떤 '도착'을 기대하며 움직였는지를 묻게 했다.

산에서는 내가 주인이 아니었다. 길도, 리듬도, 속도도 내 뜻대로 되지 않았다. 그저 조건이 허락하는 만큼 움직일 뿐이었다. 그 속에서 완주라는 결과는 목표라기보다 하나의 조건처럼 주어졌다. 그래서 완주 뒤의 허탈함은 실패가 아니었다. 성취라는 이름으로 붙잡고 있던 마음이 놓이는 순간이었다.

아마도 이것이 트레일 러닝이 내게 준 깨달음일 것이다. 앞으로 나아가는 일보다 내려놓는 일이 더 깊은 수행이 될 수 있다는 것. 이루고 나서 비어 있는 마음을 마주하는 일이야말로 다음 걸음을 더 단단하게 한다는 것. 그래서 나는 이 허탈함을 부정하지 않으려 한다. 오히려 그것이 나를 다시 산으로, 길로 이끄는 힘이라는 것을 이제는 안다.

불경에서는 이 순간에 대해 이미 오래전에 이렇게 말해 뒀다. 《법구경》의 구절이다.

"모든 것은 생겨난 것이며,

생겨난 것은 반드시 사라진다.

이것을 바로 아는 자는 고통에서 벗어난다."

완주 뒤에 찾아온 허탈함은 실패가 아니었다. 내가 붙잡고 있던 성취가 본래 머무를 수 없는 것이었음을 알아차린 순간이었다. 트레일 러닝은 나에게 더 멀리 가는 법을 가르치지 않았다. 다만, 사라지는 것을 사라지게 두는 법을 몸으로 가르쳐 주었다. 그리고 그 알아차림 속에서 나는 다시 다음 걸음을 내디딜 수 있었다.

허탈함은 실패가 아니라
집착이 풀리는 소리였다.

한 걸음을 내딛는 순간,
아! 얻었다

"얽매임이 있는 곳에 두려움이 있다."

《숫타니파타》

어느 순간부터 산이 낯설지 않게 느껴졌다. 관악산에서 첫 트레일 러닝을 마친 뒤, 동네 뒷산에도 오르고 평소라면 선뜻 나서지 않았을 산길로도 발걸음을 옮기게 됐다. 집 근처에 이렇게 좋은 산이 있다는 사실을 이제야 알아차렸다는 게 조금은 우습기도 했다. 관심의 범위가 넓어진다는 말은 어쩌면 세계를 새로이 보게 된다는 의미일지도 모르겠다.

자주 찾게 되자 산은 늘 다른 얼굴을 내밀었다. 몇 번을 올랐던 길에서도 새로운 갈림길이 눈에 들어왔고, 아직 가 보지 않은 길이 있다는 사실이 나를 다시 불러 세웠다. 산은 길이 많아서 아무리 다녀도 다 알 수가 없다. 그래서일까. 산은 언제나 새롭다. 아직도 특정한 산 하나를 온전히 안다고 말할 수는 없지만, 산을 이해하는 방법이 무엇인지는 조금 알 것 같다. 머리로 아는 것이 아니라 발로 익히는 것 아닐까.

다시 또 새로운 장소를 찾아서

나는 여전히 왜 산을 오르고 내리는지 정확한 이유를 말하지는 못한다. 다만 달리는 장소로서 산을 만나면서, 산을 좋아하는 나만의 방식을 찾아가고 있을 뿐이다. 흙길을 밟고, 숨을 고르고, 나무와 바위 사이를 지나며 산을 매만지는 행위가 하나의 길로 이어진다는 감각. 걷기와 달리기, 호흡과 사유가 분리되지 않는 자리에서 산은 점점 낯설지 않은 존재가 되어 갔다.

이 경험은 새로운 동네에 이사했을 때의 기억과 비슷하다. 처음에는 길이 눈에 익지 않아 조금만 벗어나도 집을 찾지 못하고, 결국 아는 길로 되돌아와야 했다. 그러나 시간이 지나면 동네가 한눈에 들어온다. 골목과 큰길이 머릿속에서 연결되고, 굳이 길을 외우지 않아도 방향을 잃지 않는다. 산에서도 마찬가지였다. 몇 번의 산행이 쌓이자 길을 외우기보다 산 전체를 바라보는 시선이 생겼다. 그러자 어디로 가든 크게 헤매지 않게 됐다.

상처가 많고 지친 사람들이 산에 들어가 회복하는 모습을 우리는 적지 않게 봐 왔다. 산은 그 자체로 거대한 회복의 장소이며, 동시에 안목을 넓히는 공간이다.

중국 저장성에 있는 강남현공사는 작은 구화산으로 불리는데, 깊은 계곡과 계류 사이에 자리한 천연 입불의 도량으로 알려져 있다. 그곳에는 이런 말이 전해진다.

"산은 하나의 부처이고, 부처는 하나의 산이다."

이 말은 산을 신격화하려는 표현이라기보다 산이 수행자의 마음을 비추는 거울이라는 뜻에 가깝다.

관심의 범위가 넓어지고 이해와 깊이가 더해지기까지는 시간이 필요하다. 동네가 한눈에 들어오기까지 그곳에서 살아온 시간과 경험 그리고 마음의 여유가 필요했던 것처럼, 산에 머물며 불보살의 마음을 체득하는 데도 시간은 필수적이다. 누군가는 이를 샤머니즘적인 사고라고 할지도 모르겠지만, 나는 이 경험을 단순한 비유로만 치부할 수는 없다고 느낀다.

돌이켜 보면, 나는 출가하여 산속 선원에 머물며 수행을 했음에도 산을 늘 낯선 대상으로 느꼈다. 힘겨운 산행은 가능하면 피했고, 꼭 필요하지 않다면 오르지 않았다. 그러다가 어느 날, 산행이 필수였던 처소에 머물며 강제로 산을 올라야 했다. 긴 시간을 함께 걷고, 머물다 내려왔다. 좋아하지 않던 산행이었으니 피로하지 않을 리 없었다. 그저 말없이 견디고 해치웠을 뿐 특별한 감흥은 없었다.

산이 내게
선물한 가피

그날 저녁, 모든 소임을 마치고 잠자리에 들기 전 마지막 정진 시간에 자리를 잡고 앉았다. 그때였다. 내 시선이 한없이 안으로, 더 안으로 가라앉기 시작했다.

마치 천천히 계단을 내려가듯 조금씩 깊어졌다. 졸음도 없었고, 몸의 긴장도 없었다. 마음마저도 이상할 만큼 고요했다.

마음의 층위가 끝없이 깊어지다가 어느 순간 모든 것에서 멀어진 듯한 감각이 찾아왔다. 시선은 안과 밖의 구분을 잃었고, 멀리 보려 하면 멀리 보였고 가까이 보려 하면 가까이 보였다. 방향이 사라진 자리에서 오히려 전체가 열려 있었다.

이후 산행을 다시 떠올리며 나는 이해하게 됐다. 산은 내게 큰 기운을 주었고, 긴장된 힘을 빼 주는 가피를 건네주었다는 것을. 동네가 한눈에 들어오는 시야를 얻듯, 산행을 통해 나는 마음의 지형을 한눈에 바라보는 시간을 얻은 것이다.

헨리 데이비드 소로는 숲속을 산책하고 돌아올 때마다 나무들보다 더 커져서 나오는 느낌이 든다고 말했다. 걷기든 달리기든, 숲은 분명 우리를 확장시키고 해체하며 본질로 다시 돌아가게 하는 힘을 지니고 있다. 법정 스님 또한 산은 정상에 올랐을 때보다 그 과정과 마음이 중요하다고 강조했다. 산행 자체가 이미 만족이며 깨달음의 상태라는 의미일 것이다.

산에 오르는 순간 이미 얻은 것이 있다는 사실을, 나는 돌고 돌아서 이제야 다시 확인한다. 그리고 참으로 어리석게도, 이제야 비로소 달리며 깨닫는다. 산은 오르는 대상이 아니라 함께 머무는 자리라는 것을.

자연은 늘 그자리에 있다.
바뀌는 것은 나의 마음뿐이다.

산을 오르면 알게 된다.
길을 찾는 것과 마음을 보는 것은 다르지 않다.

소유에 기뻐하는 마음을
미워하지 않는다

"얻었다고 기뻐하지 말고 잃었다고 슬퍼하지 말라."

《숫타니파타》

《중아함경》에 나오는 뗏목의 비유를 읽을 때마다 나는 이 가르침이 유난히 생활에 와닿는다고 느낀다. 강을 건너려면 뗏목이 필요하지만, 강을 다 건넌 뒤에도 그것을 머리에 이고 다닌다면 이미 목적은 흐려진다. 붓다는 분명히 말했다. 자신의 가르침조차 소유하라고 준 것이 아니라 건너가기 위한 방편이라고. 가르침마저 그런데 하물며 삶의 여러 도구와 물건들은 어떨까.

이 비유를 생각하면, 내가 애써 붙잡고 있는 많은 것이 떠오른다. 그것들은 대부분 내가 더 안전하게 그리고 더 잘, 더 오래 살아가기 위해 손에 쥔 것들이다. 수행을 위해서, 건강을 위해서 또는 스스로를 돌보기 위해서 선택한 것들이다. 그 선택 자체가 잘못일 리는 없다. 문제는 그것들을 어떻게 대하느냐일 것이다.

욕심과 필요를 구분하는 마음

달리기 역시 마찬가지다. 달리기는 내 삶에 분명한 도움을 주고 있다. 몸을 단련하고, 마음을 정돈하며, 하루의 흐름을 다시 세우는 데 큰 역할을 한다. 그래서 자연스럽게 달리기에 필요한 여러 물건이 생겨났다. 러닝화, 운동복, 시계, 가방 같은 것들이다.

처음에는 그저 최소한의 필요였다. 발을 보호하기 위한 신발, 땀을 흡수하기 위한 옷. 그 정도면 충분하다고 생각했다. 하지만 달리다 보니 상황이 달라졌다.

특히 관악산에서 트레일 러닝을 했던 날이 떠오른다. 오르막과 내리막이 반복되고, 갈림길이 수시로 나타나는 산길에서는 방향을 확인하는 일이 무엇보다 중요했다. 그날 나는 스마트 워치를 차고 있지 않았다. 평소에는 굳이 필요치 않다고 생각했던 물건이다. 그러나 산길에서는 사정이 달랐다. 현재 위치를 확인할 수 없고 고도 변화도 가늠하기 어려워 몇 번이나 걸음을 멈춰야 했다. 길을 잘못 든 것은 아닌지, 지금 속도가 괜찮은지 알 수 없어 마음이 괜히 조급해졌다.

그때 처음으로 이런 생각이 들었다.

'이건 욕심이 아니라 필요일지도 모르겠다.'

뗏목의 비유가 바로 이 지점에서 떠올랐다. 지금 내가 필요로 하는 것은 강을 건너기 위한 도구인가, 아니면 강을 건넌 뒤에도 붙잡고 싶어 하는 소유인가. 관악산의 그 길 위에서는 분명 스마트 워치가 뗏목처럼 느껴졌다. 안전을 위한, 길을 잃지 않기 위한, 스스로를 보호하기 위한 방편이었다. 없어서 곤란했던 경험은 그 물건이 내게 어떤 역할을 하는지를 분명히 보여 주었다.

하지만 동시에 마음 한편에서는 경계심이 고개를 들었다. 이것이 정말 방편에 그칠 수 있을까? 곧 '없으면 불안한 물건'이 돼 버리지는 않을까?

운동복과 러닝화도 마찬가지다. 달리기를 계속하다 보면 눈길이 가는 물건들이 늘어난다. 더 가볍고, 더 잘 맞고, 더 멋있어 보이는 것들. 기능을 설명하는 문구를 읽다 보면 이것만 있으면 달리기가 한결 수월해 질 것 같고, 훈련도 더 잘될 것 같은 마음이 든다. 그 마음이 욕심인지, 합리적인 선택인지는 매번 분간하기가 쉽지 않다.

그래서 나는 자주 자신에게 묻는다.

'나에게 달리기는 무엇이었지?'

기록을 세우기 전에도, 장비가 갖춰지기 전에도 나는 이미 달리고 있었다. 아무것도 증명하지 않아도, 충분히 숨이 찼고 충분히 땀이 났다. 달리기의 시작에는 물건이 아니라 마음이 있었다. 몸을 움직이고 싶다는 마음, 길 위에 서고 싶다는 마음. 그 초심을 떠올리면, 지금의 욕심은 한 발짝 뒤로 물러난다.

그렇다고 해서 새 물건을 손에 쥐었을 때의 기쁨이 사라지는 것은 아니다. 솔직히 말하면, 구매 버튼을 누른 순간 마음은 분명히 들뜬다. 택배 상자를 열 때의 기대, 새 러닝화를 처음 신어 보는 감각, 거울 앞에서 괜히 한 번 더 자세를 고쳐 보는 나 자신. 그 모습은 수행자의 얼굴이라기보다는 무언가를 처음 손에 넣은 아이에 가깝다.

목적을 정확히 하면 욕심도 사라진다

그때마다 나는 스스로를 다그치지 않으려 한다. 기뻐하는 마음 자체를 죄처럼 여기지는 않는다. 다만 그 기쁨이 오래 머물러 자리를 차지하지 않도록 살핀다. 이 물건이 나를 대신해 달려 줄 수는 없다는 사실, 이 장비가 수행을 대신 해 주지는 않는다는 사실을 잊지 않기 위해서다.

뗏목은 강을 건너게 해 주지만, 나 대신 걸어 주지는

않는다. 달리기의 물건들도 마찬가지다. 나를 돕는 방편일 뿐 나의 마음과 발걸음을 대신 해 줄 수는 없다. 그래서 나는 아직 강 한가운데에 있다는 사실을 자주 상기한다. 지금은 뗏목을 들고 있는 시간이 필요할지도 모른다. 다만 그 뗏목을 장식하는 데 마음을 빼앗기지 않기 위해 경계를 늦추지 않을 뿐이다.

어쩌면 수행이란 뗏목을 언제 내려놓을지를 미리 결정하는 일이 아니라 지금 내가 들고 있는 것이 무엇인지 끊임없이 알아차리는 일인지도 모른다. 방편을 방편으로 사용하는 태도, 소유하되 매이지 않는 연습. 그 연습은 물건을 전혀 갖지 않는 데서가 아니라 갖고 있는 동안의 마음을 살피는 데서 시작된다.

그래서 오늘도 나는 달린다. 때로는 충분한 장비를 갖추고, 때로는 부족한 상태로. 그 차이를 경험하면서 무엇이 나를 더 자유롭게 하고 무엇이 나를 더 무겁게 하는지를 몸으로 배운다. 그리고 언젠가 마라톤이든

물건이든, 손에서 자연스럽게 사라지는 날이 오더라도
그 상실이 크지 않기를 바란다.

'아, 여기까지 함께 왔구나.'

이렇게 생각하고 고개를 끄덕일 수 있기를.
새 물건을 기뻐하는 마음과 그것을 내려놓을 준비
를 함께 품는 일. 나는 지금도 뗏목을 들고 걷고 있다.
다만 언덕이 어디쯤인지, 뗏목을 내려놓아야 할 때가
언제쯤인지를 제대로 알아차리기 위해 오늘도 마음을
살핀다.

갖는 것이 문제가 아니라
놓지 못하는 마음이 문제다.

승복 입은 러너의 11,450킬로미터 마음 수행기

스님의 달리기

ⓒ 지찬 2026

인쇄일 2026년 3월 17일
발행일 2026년 3월 24일

지은이 지찬
펴낸이 유경민 노종한
책임편집 이소연
기획편집 유노북스 이현정 이소연
기획마케팅 1팀 우현권 이상운 **2팀** 전예원 김민선
디자인 남다희 허정수
기획관리 차은영
펴낸곳 유노콘텐츠그룹 주식회사
법인등록번호 110111-8138128
주소 서울시 마포구 동교로17안길 51, 유노빌딩 3~5층
전화 02-323-7763 **팩스** 02-323-7764 **이메일** info@uknowbooks.com

ISBN 979-11-7183-161-6 (03810)

- ─ 책값은 책 뒤표지에 있습니다.
- ─ 잘못된 책은 구입한 곳에서 환불 또는 교환하실 수 있습니다.
- ─ 유노북스, 유노라이프, 유노책주, 향기책방은 유노콘텐츠그룹의 출판 브랜드입니다.